庫

陸奥爆沈

吉村 昭著

新潮社版

2580

陸奥爆沈

陸奥爆沈

一

無人の島に立ったのは、私にとって初めてのことであった。

フジツボや海草で刺繍《ししゅう》された岩礁《がんしょう》や品川沖の砲台跡などに上ったことはあるが、それらは島という概念とは程遠い。私が立っているのは、わずかではあるが砂浜もあり、数十メートルの高さにまでもり上った傾斜には灌木《かんぼく》が生いしげり、頂きには数本の太い松もある瀬戸内海の小さな島であった。

私には、老漁師、舟大工、中年の漁師、それに農業協同組合主事と雑誌編集者の五名の同行者があった。砂浜に埋れた多くの芥《あくた》、土の一段もり上ったところからはじまる雑草と葛《かずら》類のすさまじい繁茂が、その島に人の訪れの長い間絶えていることをしめしている。おそらく私たち六名は、その島にとって久しぶりの訪問者なのだろう。

「ここでも死体を焼いた」

老漁師が、白けた砂浜を指さしながら説明をはじめた時、私はその島が決して無人の島ではないことに気づいた。

島には、多くの人々の焼かれた骨や灰が散乱している。それらは、潮風に吹き散らされたり土や砂に同化したりして跡形もないが、ともかくこの島には、日が昇り月の落ちることがくり返されても死者が貝殻《かいがら》のようにこびりついてはなれないのだ。

春ではあったが、私は肌寒《はだざむ》さを感じていた。それは海面を渡る風のせいかも知れなかったが、私の内部ではなにかがはじまっていた。その為体《えたい》の知れぬものがなにを意味するのか、私は知っていた。

私は、砂浜に黙って立ちつくした。死者が、私に問いかけていた。初めそれは二人か三人の声であったが、またたく間に数を増して島のあちこちから一斉《いっせい》に声が起った。かれらの声は、怨嗟《えんさ》にみちている。それは、かれらが無人の島に埋れかけていることを苛立《いらだ》っているからにちがいなかった。

困惑が、私をとらえた。この島の死者たちは、過ぎ去った時間とともに朽ちようとしている。やがては反復される季節の歯車にすりつぶされて、永久にその存在を消してしまうだろう。

私にも、ショベルを手にすることはできる。埋れかけているものを土中から掘り起すことができないわけではない。しかし、いったんショベルを土中に突き立てた時からはじまる労の多い作業を思うと、ショベルを手にとることに強いためらいを感じる。

土の中は深く、そして暗い。

私は、砂地の上を歩きまわった。死者の声に耳をふさぎたかった。しかし、私は、すでに自分がこの無人の島——続島《つづきじま》で焼かれた多くの男たちと会話を交しはじめているのに気づいていた。

昭和四十四年四月三日早朝、私は、農業専門月刊誌「I」の編集次長山泉進氏と防予《ぼうよ》汽船の小さな定期船で岩国港をはなれた。

私は、前々日の午後東京から全日空の中型旅客機で広島空港に降り、タクシーで岩国市に入った。私の仕事は、「I」誌の企画した岩国市の紹介紀行文を書くことで、山泉氏がカメラマンを兼ねて同行してきてくれたのである。

岩国についた夜、私は山泉氏と海岸一帯にひろがる米軍航空基地周辺のバー街へ行ってみた。タクシーがその一郭に入ると、映画のセットに似たペンキ塗りの建物が道の両側に並び、ネオンにも看板にも英語の文字が氾濫《はんらん》している。PAWN（質屋）というネオンを光らす店も数軒寄りかたまっていて、基地のバー街らしい光景だった。しかし、駐留する米軍人の数は減少していて、路上は森閑とし人影も少い。異様に太迷路のような道に入って、少々薄気味悪かったが或《あ》るバーに入ってみた。

った女と異様に皮膚の黒い女が、私たちの傍《そば》に坐《すわ》った。

店にはセーターを着た若い米兵がひとり、カウンターにぼんやり頰杖《ほおづえ》をついているだけで他に客はなかった。

「あいつったら、ビール一本で三時間もねばっているんだから……」

皮膚の黒い女が、腹立たしげに言った。

米兵の給与は、週に五〇ドルほどだそうだが、給料日から三日もたつと無一文になるという。

異国の地で米兵は、カウンターにもたれながらなにを考えているのだろう。私たちの戦争は二十四年前に終ったというのに、かれらはまだ戦時の中にいる。その横顔には、ひどく侘《わび》しげな倦怠《けんたい》感がにじみ出ていた。

翌日は、市内の住居の天井《てんじょう》や蔵の中に棲《す》むという白蛇《しろへび》を見たり、市のはずれを流れる錦川《にしき》に架けられた錦帯橋《きんたいきょう》にも行ったりした。橋脚の下に立って橋を真下から見上げると、組合わされた材木が精巧な幾何学模様をえがいて起伏し、橋上を歩く人の足音が近づき遠ざかる。その音が例外なく下駄《げた》の鳴るように妙に軽やかにきこえ、両側から近づく二つの足音が頭上で交叉《こうさ》しては左右にわかれていったりする。そして、足音が遠ざかると、また遠くから連れ立った人々の足音が近づき、その中にあきらかに子供の橋板をふむ足音も聞き分けられた。

河原から上って彎曲《わんきょく》した橋を渡ると、そこから城下町の静寂がひろがった。屋根瓦《がわら》、土塀《どべい》、道などがつつましい美しさをたたえ、小さな寺院の前庭に敷きつめられた細かい砂利には、渦紋《かもん》状の箒《ほうき》の跡がえがかれていた。

その日、私たちは、車を走らせて海岸の埋立地にある米軍の広大な航空基地にも行ってみた。長い滑走路の延長上に帝人の工場があるが、離着陸の危険防止のため煙突が切られている。ジェット機の発着時に起る騒音で基地周辺の地価はさがり、学校の授業の静寂はかきみだされる。革新系の団体は、

「アメ公帰れ」

と叫ぶが、旧海軍の航空基地や海軍兵学校分校もあった土地柄《がら》であるためか、市民の中には基地撤去に反対する者も多い。古い城下町であるこの市も、日本の現実と無縁ではないのだ。

「柱島《はしらじま》に行ってみませんか」

と、山泉氏に言われた時、私は当惑した。

柱島という地名は、私も熟知している。その島の近くの海面は、戦時中内地での連合艦隊最大の根拠地で、柱島泊地と称され多くの艦艇が集結した。その広大な海面の

周辺には、多くの島が点在していて艦艇の望見されることを防ぎ、海面もおだやかで投錨地《とうびょうち》としての条件をそなえていた。艦の修理・改造・諸試験にすぐれた設備と能力をもつ呉《くれ》海軍工廠《こうしょう》や弾薬、糧食その他を補給する呉軍需部も近く、その上大燃料庫ともいうべき徳山要港からの重油の供給を受けられるという利点にも恵まれていた。

数年前、私は「戦艦武蔵《むさし》」という小説を書いたが、「武蔵」完成後、海軍に引渡された直後の行動表を見てみても、昭和十七年八月十日柱島に回航、訓練警泊、同年九月二十八日柱島着訓練警泊などの記載がみえる。「武蔵」は、柱島を根拠地に訓練をおこなったのだ。投揚錨、全力後進、操舵《そうだ》、飛行機射出機、巡航、注排水の各訓練をつづけ、機銃・高角砲・主砲・副砲の発射訓練も実施した。その「武蔵」も二年後の昭和十九年十月二十四日、数百機にのぼるアメリカ空軍機の爆・雷撃を浴びてシブヤン海に沈んだが、他の艦艇とともに内地を出撃したのは柱島泊地からであった。

また沖縄戦の終末近くに海上特攻隊として沖縄海域に突入をくわだてた戦艦「大《やま》和《と》」は、アメリカ艦載機多数の攻撃を受け約三千名の乗組員とともに九州西南方沖約五〇浬《かいり》の海底に沈んだが、「大和」以下の特攻艦艇が出撃したのも、柱島泊地であった。つまり、あの戦争で柱島泊地は、日本海軍にとってきわめて重要な根拠地であったのだ。

山泉氏が柱島へ行こうと言い出したのは、過去に軍艦についての小説を書いた私が当然興味をもっていると推測したからにちがいなかった。また氏自身も、海軍兵学校第七十八期生として最後の入学者であったという経歴から柱島を訪れたいと願ったのかも知れない。

しかし、私は、一種の兵器である軍艦そのものに対する興味はなく、その集結地である柱島泊地にも関心はない。戦時中勤労動員先で休憩時間になると、海軍のことや軍艦のことを熱っぽい口調で話す友人が何人もいたが、私はそんな折にもただの聞き役にすぎず、これといった感慨もおぼえなかった。また船というものに強い魅力を感じている人も多いが、そうした人からみれば私などはむしろ無関心の部類に入るだろう。

そうした私が、「戦艦武蔵」を書いた理由は、フネのまわりに蝟集《いしゅう》した技術者、工員、乗組員などに戦争と人間との奇怪な関係を見、また多くの技術的知識、労力、資材を投入しながら兵器としての機能も発揮せず千名以上の乗組員とともに沈没した「武蔵」という構造物に戦争というもののはかなさを感じたからであった。

私にとって書く対象は、「武蔵」という軍艦でなくともよかった。機関車でもよかったし、鉄橋でも道路でもよかった。たまたま戦争そのものの象徴と思えたものが、一戦艦であったにすぎない。

山泉氏はさらに、

「柱島泊地は戦艦『陸奥』が謎《なぞ》の爆沈をとげたところですから、なにか創作の上で刺《し》戟《げき》を受けるものがあるかも知れませんよ」

と、言った。

私は、口をつぐんだ。山泉氏の言葉に答えようがなかったのだ。

私は、戦争を背景とした作品を幾つか書いてきた。戦争に強い関心をいだいているからだが、その反面には戦争についてなるべくならば書きたくないという意識もある。

戦争は、多くの人命と物資を呑《の》みこみ、土地を荒廃させ人間の精神をもすさませる。失うことのみ多く、得ることのない愚かしい集団殺戮《さつりく》である。それを十分承知しながら、人間は戦争の中に没入し、勝利をねがって相手国の人間を一人でも多く殺そうとつとめる。戦時中少年であった私もその一人だったのだが、私が戦争を書く理由は、自分をもふくめた人間というものの奇怪さを考えたいからにほかならない。

あの戦争は、日本という島国での最大の歴史的事件だったと思う。三百五十万人の生命を死に追いやった悲惨事は、この島国にはなかった。たまたまその時代に接触し生きた私は、自分なりの眼でその事実を見つめ直してみたいと思うのだ。

思想とよべるものが日本にあるとしても、それはすべて外来のもので、固有の思想はない。思想のきざす土壌《どじょう》が、貧弱なのだ。

しかし、敗戦という形で終ったあの戦争は、日本の土壌になにか肥沃《ひよく》にさせる養分をあたえたのではないか。日本に、ようやく思想らしきものの生れる得がたい機会が訪れたとも言える。

敗戦の日から、戦争に対する分析がさまざまな形でおこなわれ、それは現在でも執拗《しつよう》につづけられている。私も、戦争を背景とした小説を書くことによって自分なりの努力はつづけているつもりだ。だが、私は、最近多分に悲観的になっている。得がたい機会をあたえられながら、思想らしきもののきざす気配はきわめて薄い。その最大の理由は、とかく過去を美化しがちな人間の本質的な性格にわざわいされているからで、あの戦争も郷愁に似たものとして回顧される傾きが強い。

私の書く小説も、このような戦争回顧の渦中に巻きこまれている節がある。それは、読者の側の自由であるのだろうが、書く側としては甚《はなは》だ不本意である。私が戦争について書くことをためらうのは、戦争を美化してとらえる人々の存在がいとわしいからだ。意図したものを逆にとらえられるおそれが、私の気持を萎縮《いしゅく》させてしまう。

私が柱島行きをためらったのは、その泊地の名称が江田島などと同じように、或る種の人々にとって郷愁の対象となっていることを知っているからであった。

しかし、結局私は、柱島に行くことに同意した。

その理由は、二つあった。その一つは、過去の作品ではあるが、「戦艦武蔵」という小説で柱島泊地と何度も書きながら一度も訪れたことのない後ろめたさがひそんでいたからである。旧海軍に属していた人々ならば熟知している柱島を私が一度も訪れずに書いたということは、物を書く人間として怠慢のそしりをまぬがれまい。「武蔵」が何度もその身を憩《いこ》うた地を知らぬことは、私にとって恥ずべきことと思えた。そうした悔いを、おくればせながらこの機会に償おうという思いが私の腰を上げさせたのだ。

さらに私の気持を決定的にさせたのは、柱島が岩国市に属しているということだった。岩国市の紹介紀行文を書くことを依頼された私は、その一部である柱島にも行かねばならぬ義務が課せられている。日本の現実を象徴する米軍航空基地のジェット機の騒音と錦帯橋以北の城下町らしい静けさとの対比に加えて、戦争と重要な係《かか》わり合いをもった柱島を描くことによって、岩国市の性格を一層浮彫りできるにちがいないと思った。

私たちは、早朝ホテルを出ると岩国港へタクシーを走らせた。

白ペンキで塗られた定期船の船室に入ると、いつの間にか胸にわだかまっていた重苦しい気分も消えて、私は、瀬戸内海の小さな島へ行く旅の気分にひたることができた。そして、山泉氏と船室の畳に寝ころがって話をしているうちに、二人とも眠ってしまった。

先に目をさましたのは、私の方だった。船窓から外をうかがうと、舟が岩礁にふちどられた島の傍を走っている。

汽笛が鳴って、山泉氏が大きな体を起した。時計の針は、船が柱島に到着する時刻をさししめしていた。

私たちは身仕度《みじたく》をして、船室を出た。船は断崖《だんがい》の岩肌に沿って進んでいて、前方に家並のかたまった小さな港が近づいている。エンジンの音が変って、船はコンクリート造りの突堤に身を寄せた。ロープが岸に投げられた。私たちは、長い板をふんで岸に上った。

農協の事務所が、海岸沿いに立っていた。小さな部屋の中には、二人の男が事務をとっていて、年長の人が所長の松林初穂氏だった。山泉氏があらかじめ連絡をとっておいたらしく、松林氏は席を立つと親しげに椅子《いす》をすすめてくれた。

「なんの特徴もない小さな島ですから、書いていただけるようなものはなにもありません。御承知だと思いますが、戦争中に島の近くが海軍の重要な泊地だったぐらいのものです」

と松林氏は眼をしばたたきながら、柱島泊地のことを口にした。

柱島泊地は、島の西北方の海面に位置していて、島からは泊地で憩う艦影がよくみえた。戦艦、巡洋艦、駆逐艦、航空母艦などがやってきてはいつの間にか去り、時折り百隻《せき》以上の艦艇が勢揃《せいぞろ》いしているのを見たこともあったという。

「ともかく大艦隊の集結でしたからね。私たちは艦の形で大体の艦名がすぐわかりますから、『金剛《こんごう》』がいる、『加賀』がいるなどとひそかに言い合ったものです。今思えば『大和』か『武蔵』だったんでしょう、ばかでかい戦艦をみたこともありますよ。その大戦艦が入ってくると、ほかの戦艦が小さくみえたものです」

松林氏は、眼を輝かせて言った。

入口のガラス戸が開いて、日焼けした太った老婆《ろうば》が入ってきた。そして、千円紙幣を二枚貯金通帳とともにカウンターに置いた。窓ガラスから流れこむ陽光で、部屋の中は温かい。柱島は、瀬戸内海の単なる小さな島にすぎなくなっているのだ。

柱島は、昔、流人《るにん》の島であった。島ぬけなどを企てでとらえられた罪人は、生きたまま大きな壺《つぼ》をかぶせられて土中に埋められた。島の林の中から両足の骨が出て話題になったことがあったが、その足に錆《さ》びた鎖がついていたことから流人の足の骨だと判定されたという。

戦争中は、海軍の防備地帯として島は厳重な監視下におかれた。しかし、住民は固定していて素姓の定かでない者は一人もいなかった。それに島の人々の防諜《ぼうちょう》に対する考え方も徹底していて、防備地帯の島として孤絶した世界を形づくっていた。

戦局も終末に近い頃《ころ》になると、泊地に碇泊《ていはく》する艦影も日を追うて激減し、島もアメリカ艦載機の来襲を受け住民の多くが銃撃を浴びて死亡したという。

「柱島泊地だといっても海面があるだけで、ブイもなにも残ってはいません。島のはずれに泊地で爆沈した『陸奥』の殉難者の碑がある程度です」

と、松林氏は、私たちに茶を淹《い》れてくれた。

昭和十八年六月八日正午頃、北緯三三度五八分、東経一三二度二四分に位置する柱島泊地の旗艦ブイに繋留《けいりゅう》中の戦艦「陸奥」(基準排水量三九、〇五〇トン)は、大爆発を起して船体を分断し、またたく間に沈没した。

当時柱島の漁業協同組合に勤務していた松林氏は、昼の休憩時間に机の前をはなれかけた時、突然大音響とともに窓ガラスが割れるかと思うほどの激しい震動を感じたという。

海上からの音らしいのでその方向に眼を向けたが、かなり濃い霧が立ちこめていて何もみえない。事務所の者たちは、すさまじい音響と震動をいぶかしんで海岸にとび出した。

午後おそくなってから、水兵が数名事務所に入ってきた。かれらは、柱島に設置されている探照灯、聴音機を操作する兵たちで、毎日兵舎から魚介類を受けとりにくる。

松林氏は、

「大きな音がしたが、なにかあったのですか」

と、くり返しきいたが、水兵たちは何も答えず、かたい表情をして帰って行ったという。

夜になると、軍艦が爆発して沈没したらしいという噂《うわさ》が各戸につたわった。そしてそれを裏づけるように、翌朝島の周囲の海面一帯におびただしい重油が流れてきて、海軍のハンモックや兵の衣類なども岸に漂着するようになった。

島は、騒然となった。

そのうちに、住民たちの間にさまざまな話がひそかに流れるようになった。柱島の近くの無人島に小舟で貝をとりにいった或る少年は、波打ちぎわに横たわった水兵の死体を見て恐しくなって逃げ帰った。また、柱島の南端にある洲《す》で死体にガソリンをかけて焼いているのを、遠くから目撃したという話も伝わってきた。

松林氏自身も大島の伊保田《いほた》に通う郵便船に乗って続島の近くを通った折、島の東部海岸にテントがはられ、死体をしきりに焼いているのをみた。松林氏たちがその方向に顔を向けていると、海岸で作業をしているらしい水兵が拳《こぶし》をふって、

「こっちへくるな」

と、怒声をあびせかけてきたという。

呉鎮守府から警備隊員が乗りこんできて、島の住民を厳重に監視するようになり、住民たちを一種の恐慌《きょうこう》状態におとし入れた。

島から岩国港まで通う定期船が桟橋《さんばし》につくと、張りこんでいた私服が乗ってきた住民に近づいてきて、

「大きな軍艦が沈んだそうだね」

と、なに気ない口調で声をかける。

「そうらしい」

と答えた者は、一人の例外もなくそのまま憲兵隊に連行された。

また爆沈海面に近い大島でも、

「軍艦が沈んだらしい」

と、口にした者多数が連行された。

入口のガラス戸がひらいて、チャンチャンコのようなものを着た老人が入ってきた。

「そうだ、あんたは『陸奥』が沈没したのを見たと言っていたな」

と、松林氏が声をかけた。老人は、私の乗ってきた定期船が岸に近づいた時、投げられたロープを岸に結びつけた人だった。

「見たよ、おれはその時、浜に出ていたんだ。ドカーンと顎《あご》のはずれそうな大きな音がして海の方をみると、濃い霧の上に黒い煙がもり上っていた。何時間も消えなかった。でもまさか軍艦が沈んだとは思わなかった。つぎの日だった、重油がたくさん流れてきて、やっと軍艦が沈んだらしいと知ったんだ」

老人は、柔和な眼をしてカウンターにもたれた。

それまでにこやかに表情をゆるめて私たちの話をきいていた老婆が、口をはさんだ。

「××さんのことだがな、あの人は流れてきた海軍さんの外套《がいとう》をひろってうまくかくしていたね」

松林氏も老漁師も可笑《おか》しそうに笑った。

海岸にはかなりの漂着物があったが、呉鎮守府から島にのりこんできた警備隊員が、爆沈の事実をかくすためすべて押収《おうしゅう》して焼却した。が、××という一人の漁師はそれをひそかにかくしておいて、終戦後、襟《えり》を直して着用していたのだ。

「あのお爺《じい》さんが一番賢かったねえ。あの外套を着つづけて死んだのだから……」

老婆の顔には、おおらかな微笑がうかんだ。

陸奥爆沈についての私の知識は乏しい。陸奥爆沈に関する話を直接耳にしたのは、四年ほど前、戦艦「武蔵」の第二代艦長古村《こむら》啓蔵氏（当時大佐）にお目にかかった時であった。「武蔵」の艦長は有馬馨《かおる》、朝倉豊次《ぶんじ》、猪口敏平《いのぐちとしひら》の各氏と古村氏がそれぞれその任についたが、有馬、朝倉両氏は病歿《びょうぼつ》、猪口氏は最後の艦長として艦と運命を共にして戦死し、古村氏のみが元「武蔵」艦長として健在なのである。

「陸奥」の爆沈日と同じ日の昭和十八年六月八日、古村氏は、柱島泊地に碇泊していた戦艦「扶桑《ふそう》」の艦長から「武蔵」艦長に転任するため、呉から列車で横須賀へ向った。そして翌九日、横須賀鎮守府に赴くと、前日正午頃「陸奥」が爆沈して艦長三好輝彦大佐以下大半の乗組員が殉職したことを知らされた。

古村氏は、三好艦長と親しく、柱島泊地をはなれる時も別れの挨拶《あいさつ》を交してきたが、その三好氏がすでに亡《な》く、しかも強力な戦艦「陸奥」が沈没してしまったことに呆然《ぼうぜん》としたという。

「『陸奥』の爆発原因は、なんだったのですか」

と、私はたずねた。

「横須賀鎮守府では、『陸奥』に搭載《とうさい》してあった三式対空弾の自然発火だと言っておりました。『陸奥』は日本の代表的戦艦でしたから、鎮守府内には、悲痛な空気がみなぎっていました」

古村氏は、暗い眼をして言った。

三式対空弾は、空中に向けて発射されると或る距離まで達した瞬間、散弾のように無数の小弾丸が網を投げたように一斉《いっせい》に散る。それによって敵機の撃墜をはかる、日本海軍の誇る新式砲弾であった。空襲を受けた折に主力艦が、主砲や副砲でこの砲弾を発射し、多くの敵機を同時に飛散させようというのだ。しかし、信管はきわめて鋭敏で、その取扱いをあやまったため自然発火を起し、強烈な火薬の爆発力によって「陸奥」は沈没したと推定された。

私は、古村氏からその話をきいた時も、ただメモをとるにとどめたし、松林氏や老漁師から爆沈時の話をきいても、それほど興味をそそられなかった。ただ私は、この平穏な静かな小島に住む人々から戦時中の悲惨な話をきくことに、時間というものの流れの重々しさを感じていた。

松林氏が、さらに詳しく「陸奥」の爆沈を目撃した人を紹介すると言って電話をかけた。

やがて舟大工をやっているという小柄《こがら》な老人が、ネクタイを窮屈そうにつけた背広姿で入ってきた。

老人は、一句一句区切るように話した。私は、いつものようにメモを早くとる方法として片仮名文字を書きつらねた。

十二時一寸《ちょっと》スギ頃ダッタ。海ニハ霧ガ立チコメテイタ。ソノ中ニ大キナ軍艦ガカスンデ見エタ。

早目ノ昼食ヲトリ、道具調ベヲシテイルト、突然ガガーントイウ大キナ音ガシタ。主砲デモ射《う》ッタノカト思ッテ海ノ方ヲ見ルト、黒イ煙ガ上ッテイル。ヤハリ主砲ヲ射ッタノダナト思ッテ、仕事ヲハジメタ。

夕方近クニナッテ海ヲ見テミルト、黒煙ガ消エナイ。船尾ガ沈ミ、突キ立ッタ艦首ノ菊ノ御紋章ガ小サク見エタ。大変ダ、ト思ッタ。軍艦ガ少シ廻《まわ》ルヨウニシテ、ユックリト、コケタ（倒れた）。

翌日、海岸ニ泳ギツイタ水兵カラ「陸奥」ガ爆沈シタコトヲキイタ。

私は、コケタという表現に真実らしさを感じたが、その後、陸奥爆沈について調べを進めるにつれ、老人の話に多くの誤りがあることを知った。

第一に気象状況から判断して、「陸奥」の沈没を柱島からはっきりと目撃することは不可能と言わざるを得ない。爆沈時刻の柱島泊地は厚い霧にとざされ、約一、〇〇〇メートルはなれた「扶桑」からも黒煙が霧の上に立ち昇るのが認められただけで、「陸奥」の艦影はその中に完全に没していた。

「陸奥」の爆沈地点と柱島の距離は、約五、〇〇〇メートル近くあって、「扶桑」でとらえることのできなかった艦影を柱島から見ることは常識的に考えてみてもあり得ない。風はほとんど無風状態で、霧は海上によどみ、柱島の側だけが視界のひらけていた事実もない。「陸奥」生存者も、四囲は全くの濃霧で柱島はむろんのこと、付近の小さな無人島すら、なにも見えなかったと証言している。

また老人は、夕方「陸奥」のコケルのを見たというが、「陸奥」はその日の午後零時十三分頃大爆発を起すと二分後には爆沈してしまったのである。さらに翌日海岸に泳ぎついた水兵から「陸奥」の沈没を耳にしたと老人は言ったが、生存者は一人残らず爆沈日に収容されていて事実とは異なっている。

老人は、柱島での有力な目撃者の一人とされている。老人は、たしかに大爆発音をきき、黒煙の立ち昇るのを見たのだろう。が、二十六年間という歳月が老人の記憶を薄れさせ、代りに或る幻影をいだかせた。そして老人は、他意はなくとも自ら見たと信じこんでいるのではないのだろうか。

歴史的事実というものは、こうした類《たぐ》いの誤った証言によって形づくられている部分が多いにちがいない。わずか二十六年間という時間が、早くも歴史の真の姿をぼやかし歪《ゆが》めていることを思うと肌寒《はだざむ》ささえ感じられた。

陸奥爆沈の翌日から海面一帯は「陸奥」から流れ出た重油におおわれた。その量はおびただしく、かなりの厚さで島の周囲の海上一帯を黒く染めた。そのため舟を出しても思うようには進まなかったという。

海上で収容された死体は、初め柱島の浦庄《うらしょう》という人影のない洲で焼かれたが、人目にふれることを恐れて無人島の続島に焼場を移した。

「いかがです、爆沈した海面まで行ってみませんか」

と、松林氏が提案した。

私は、すぐに同意した。柱島にまできたのだから、爆沈海面も見ておきたいと思ったのだ。

松林氏の斡旋《あっせん》で小さい漁船を一隻借り受け、私たちは老漁師と舟大工とともに舟にのって港をはなれた。

舟が進むにつれ、瀬戸内海の風光がひらけてきた。波もおだやかで、広々とした海面が湖水のようにひろがっている。その周囲には遠く近く島影が見え、素人《しろうと》の私にも地形的に連合艦隊の泊地としての条件を十分にそなえていることが理解できた。

老漁師が、近くの島の岸を指さしながら、

「ここら一帯は重油が漂っていて、岩も黒く染まって一年近くたっても色が落ちなかったよ。貝も海草もみんな死んだ」

と、エンジンの音をはね返すような大声で言った。

舟がかなり走った頃、

「あのあたりだ」

と、舟大工の老人が海上を遠く指さした。そこには明るい陽光を浴びた広大な海面があるばかりだった。

老漁師の話によると、爆沈した個所では、数年前まで海水の澄んだ日には海中に艦の突起物がすけて見えたという。

「海の深さは四〇メートルでね、魚がよくとれるようになった。『陸奥』が魚のいい棲家《すみか》になっているんだ」

老漁師が、私の耳もとで言った。

舟が、小さな島に舳《へさき》を向けた。……それが私の降り立った無人の島――続島であったのだ。

島には、死体を焼いた形跡はなにも残っていなかった。砂に埋れた白いものを眼にしてしゃがんでみたが、それは骨ではなく朽ちた貝殻《かいがら》のかけらだった。

私は、あたりを見まわした。砂浜には、おだやかな波が音もなく寄せたり引いたりしている。

老漁師にうながされて、私は舟にもどった。竿《さお》を突き入れ岸をはなれると、舟はエンジンの音を立てて舳を柱島の方向にもどした。

前方に細長く伸びた砂浜が近づいてきた。平坦《へいたん》な浜の中央に松が数本立っていて、その下に碑のようなものがみえる。

舟の底が、砂浜にのり上げた。私たちは、舟から下りた。人気のない浜であった。浜千鳥が華奢《きゃしゃ》な脚を小刻みに動かして歩いている。私たちは、砂地をふんで碑に近づいた。

「戦艦陸奥英霊之墓」という文字が碑面に刻まれ、裏面には、昭和十八年六月八日正午すぎ、ここより南約二キロの海上に於《おい》て爆沈した事実と、この付近海上で蒐集《しゅうしゅう》した七百余の死体を続島とこの柱島の浦庄でダビに付し、その分骨を埋葬してあるという趣旨の文章がみられた。(この文章にも誤りがある。蒐集した死体七百余とあるが、収容死体の数ははるかに少い。また爆沈海面も南約二キロとあるが、五キロ近くあったことは確実である)

私は、冷雨に濡《ぬ》れそぼたれているような気分で松の根の近くに立っていた。空は晴れ海は美しく輝いているのに、砂浜は妙にうらさびしい。気の遠くなるような静けさだった。動くものといえば細い脚をせわしなく動かして歩く浜千鳥だけで、砂浜は、陸奥爆沈によって死者となった多くの人々の棲みつく墓所になっている。

その一基の墓は、陸奥爆沈という事実をこの世に残そうと立っているようにみえる。碑文には、爆沈によって艦長以下千百二十一名の者が死亡したとある。

平時ならばそれほど多くの死者を出した事実はさまざまな形で人々の記憶に刻まれるだろうが、陸奥爆沈による死者はひそかに焼骨され、遺族も事故の内容について知らされなかったにちがいない。

わずか二十六年前に死亡した千百二十一名の人々に対する追憶のよすがは、瀬戸内海の小島のはずれに立つ墓としてしか残されていない。しかもその墓には、浜千鳥や雨や潮風などの訪れしかない。

海上に眼を向けた私は、陸奥爆沈の光景を想《おも》い描いた。突然の大音響とともに壮大な火柱が立ち昇り、黒煙が吹き上る。空には引き裂かれた鉄鋼の破片が一斉に舞い上り、やがてそれは海面に豪雨のように落下し、海上一帯を水しぶきに包む。人々の体も飛散し、艦内から脱出できなかった者たちは、艦とともに海底に引きずりこまれていったのだ。

海面を走る白い航跡に、私の白日夢はやぶれた。爆沈位置と思われる海面の彼方《かなた》を、水中翼船が突き進んでいる。「陸奥」の爆沈は、すでに遠い過去のものとなっている。

舟が浜をはなれ、明るい海上を走り出した。編集者の山泉氏は、遠ざかる浜にカメラのレンズを向けてしきりにシャッターを押していた。

港にもどった私たちは、松林氏に小さな宿へ案内された。季節はずれのことで昼食の用意はできぬらしく、私と山泉氏はパンを食べジュースを飲んだ。

「この島の奥に住む老人たちに、『陸奥』のことをきけば貴重な話がきけるでしょうね」

と、私はきいた。

「多分しゃべらんでしょう。その頃機密、機密ときびしくいわれていた記憶が身についてしまっていますから、後難をおそれて話したがらんでしょう」

松林氏が、笑った。

私は、この島の特殊な性格を思った。終戦後二十四年間が経過しているというのに、老人たちの戦時中に受けた傷はそのまま残され一生消えることはないのだろう。「戦後は終った」とすらいわれる現在でも、この島には依然として戦時の中で身をすくませている人々もいるにちがいない。

私は、それらの人々の声をききたいと思い、松林氏と話をしているうちに願ってもないことを耳にした。

松林氏の御子息は、島の中学校に通っている。その中学校では、生徒からそれぞれ祖父母や両親からきいた「陸奥」の話を作文にまとめて提出させたという。

祖父母や両親たちは、訥々《とつとつ》とした口調で気楽に孫であり子である中学生たちに陸奥爆沈に関する思い出を語っただろうし、中学生たちは、それを真剣に筆記して学校へ提出しただろう。そうした記録が四、五十部も集れば、この島の住民の眼にし耳にした「陸奥」の爆沈が生々しい形で再現されるにちがいない。

私は、その作文集を借り受けたいと思い、もしそれが実現した折には返礼としてタイプ印書で印刷した文集を編んで贈りたいと言った。松林氏は、私の願いをいれてすぐに中学校へ電話してくれたが、担当の教師は留守で、後日、教師と相談の上なるべく私の希望に添うよう尽力すると約束してくれた。

私は、胸の中に熱っぽいものが湧《わ》いてくるのを意識した。少年たちの書きとめた作文類を中心に、「陸奥」のこと、戦争のこと、そして孤絶した島の人々のことを書きたい気持がつのった。

港に、定期船が入ってきた。

「作文のことはお願いします」

私は、あらためて松林氏に念を押した。

船が、岸をはなれた。松林氏と老漁師がしきりに手をふっている。私は、潮風にふかれながら遠ざかる家並を見つめていた。

船室に入ると、私たちは畳の上に足を投げ出した。

「なにか得るものがありましたか」

山泉氏が、私の顔をのぞきこむようにして言った。

「調べてみたくなりました」

私は、答えた。

長い旅がこれからはじまる、と私は思った。書きたいという衝動にかられたのは、柱島の人々の話や中学生の作文に興味をもったから、というよりは、無人の島と浜千鳥の点々と歩いていたもの淋《さび》しい砂浜に立ったためであった。人の訪れのない墓所、そこで死者たちの声をきいた私は、ショベルを手に陸奥爆沈の事実を掘り起してみようと決意したのだ。

私には「陸奥」についての知識は、ほとんどといっていいほどない。しかし、いつでもそうであるように一つの糸口を見つけ出すことは必ずできるはずだし、そこからなにかが解き明かせられるにちがいない。

私は、重い荷を背負ったような疲労を感じて畳の上に寝ころがった。

二

帰京した私は、戦艦「陸奥」そのものについての知識を得ることにつとめた。

戦艦「陸奥」は長門《ながと》型の二番艦、つまり「長門」と同型艦で、その二艦は、「大和」「武蔵」が出現するまで世界最強の戦艦であった。そして、その誕生と存続には、第一次世界大戦終了前の世界的な建艦競争とその後の軍縮条約が重大な関係をもっていることも知った。

建艦競争は、大正五年アメリカ海軍が新鋭戦艦十隻《せき》、巡洋戦艦六隻を主体としたダニエルス建艦計画を発表したことからはじまった。これに対してアメリカを仮想敵国としていた日本海軍は、量では劣るが質の高い艦隊の保有を目的に八・四艦隊案を計画し、大正六年の第三十九議会において同案の艦艇建造費予算の承認を得た。その内容は、長門、陸奥、扶桑、山城、伊勢、日向《ひゅうが》、加賀（新建造）、土佐（新建造）の八戦艦と榛名《はるな》、霧島、天城《あまぎ》（新建造）、赤城（新建造）の四巡洋戦艦計十二隻を中心としたもので、その後翌七年には巡洋戦艦愛宕《あたご》、高雄を加えた八・六艦隊案が立案され、さらに大正九年には八・八艦隊案となって発展した。

それは、最も近代的な戦艦八隻――長門、陸奥、土佐、加賀、紀伊、尾張、第十一号、第十二号艦と、巡洋戦艦八隻――天城、赤城、高雄、愛宕、第八号、第九号、第十号、第十一号艦を第一線兵力とし、艦齢八年から十六年をへた扶桑、山城、伊勢、日向、摂津、安芸《あき》、薩摩《さつま》の七戦艦、霧島、榛名、比叡《ひえい》、金剛、生駒《いこま》、伊吹、鞍馬《くらま》の七巡洋戦艦を第二線兵力として、その他巡洋艦二十四隻、駆逐艦六十四隻、潜水艦七十四隻をふくむ合計百九十二隻にのぼる大建艦計画であった。

しかし、大正七年ドイツの降伏による第一次大戦終結後、世界各国の経済は大きな破綻《はたん》をきたして社会不安も増し、厖大《ぼうだい》な予算を費す軍備を増強することが困難となった。事情は日本も同じで、大正九年には経済恐慌《きょうこう》が起り、労働運動、農民運動も頻発《ひんぱつ》した。それに多くの人命と物資を消尽する戦争に対する嫌悪《けんお》もあって、世界各国から軍備縮小の声がたかまった。

そうした世界的な気運に日本も同調し、大正十年十一月のワシントン軍備縮小会議に参加、軍備縮小条約に調印した。

この条約では、アメリカ、イギリス、日本、フランス、イタリヤの主力艦トン数は五・五・三・一、七五・一、七五の比率に制限された。これによって八・八艦隊案はくずれ去り、建造中の艦艇は解体され制限からはみ出した艦艇は廃艦処分を受けた。

すでに戦艦「長門」は大正六年八月二十八日呉海軍工廠《こうしょう》で起工、大正九年十一月二十五日に竣工《しゅんこう》していた。また長門型二番艦「陸奥」も大正七年六月一日横須賀海軍工廠で建造を開始したが、未完成艦では軍備縮小条約制限で廃艦となるので艤装《ぎそう》を急ぎ、軍縮会議直前の大正十年十月二十四日に完成した。

その二艦の建造が計画された頃《ころ》の世界各国の戦艦に装備された主砲の最大口径は、イギリス、ドイツが一五インチ、アメリカ、日本が一四インチであったが、「長門」と「陸奥」は、各国に先がけて一六インチの大口径主砲八門を装備した。これに対抗してアメリカ海軍も、ダニエルス建艦計画にもとづいて一六インチ口径主砲をもつメリーランド型のメリーランド、コロラド、ウエスト・ヴァージニア、ワシントンの四隻を建造中で、また一六インチ砲十二門を有する四三、〇〇〇トンの巨大戦艦の建造にも着手していた。しかし軍備縮小条約が締結された大正十年十一月頃には、わずかにメリーランド一艦が完成していただけであった。

長門・陸奥とメリーランドとの要目を比較してみると、

長門・陸奥
常備排水量　三三、八〇〇トン
速力　(公表)二三ノット
主砲　一六インチ砲八門

メリーランド
常備排水量　三二、六〇〇トン
速力　二一ノット
主砲　一六インチ砲八門

という数字で、防禦《ぼうぎょ》はメリーランドの方が厚い舷側甲鈑《げんそくこうはん》をもっていたが、総体的には「長門」「陸奥」の方がはるかに強力であった。さらに速力は二三ノットと公表されていたが、長門型戦艦の実際の速力は二六・五ノットで戦艦としては類例のない高速を誇り、殊《こと》に「陸奥」の試運転では二六・七ノットという驚異的なスピードを記録した。そうした世界最強の「長門」「陸奥」の存在に脅威を感じたアメリカとイギリスは、すでに就役していた「長門」はやむを得ないが、軍縮条約の制限にもとづいて「陸奥」を廃艦とすることを画策した。もしも「陸奥」を廃艦とすることに成功すれば、「長門」は単艦となって艦隊も組めず、その戦闘能力は甚《はなは》だしく低下することはあきらかだった。

日本海軍は、「陸奥」がすでに完成していることをしめすため、外務省が主体となって、日本に派遣されていたアメリカ、イギリスをはじめとした各国の記者たちに横須賀繫留《けいりゅう》中の「陸奥」を見学させることを計画した。しかし、新鋭艦の詳細を知られることは好ましくないので、見学時間を短くする方法として、記者たちを横浜で途中下車させ、ニューグランドホテルの食堂でゆっくりと昼食をとらせワインをふるまった。

ホテルについて間もなく、横須賀鎮守府から記者団につきそっていた海軍省の士官に電話がかかり、さらに二時間ほどホテルで時間をつぶせと指令してきた。

記者たちは、昼食後いつまでたっても出発しないので不服を口にする者も多かったが、士官は巧みに慰撫《いぶ》して予定よりかなり遅くホテルを出、横須賀へと向った。

横須賀鎮守府が記者たちの到着を二時間ほど遅らせたのは、「陸奥」艦内にある病室のベッドが一つ残らずあいていることに気づいたからであった。偶然乗組員の中に病人がいなかったからであったのだが、乗組員の多い「陸奥」の病室に患者が一人もいないことは、未完成艦であると疑われるきっかけにもなり兼ねないので、鎮守府では海軍省と緊急連絡をとり、横須賀海軍病院に入院している患者を借り受けて急いで「陸奥」の病室に運びこんだ。その操作のため鎮守府は、記者団の到着の時間延期をはかったのであった。

しかし、そうした努力も空《むな》しく、アメリカ、イギリスは、「陸奥」を廃棄リストに入れ、その代りに廃艦予定の戦艦「摂津」の復活を認める態度に出た。が、「摂津」は、明治四十五年七月に完成した排水量二一、四四三トン、一二インチ主砲十二門、速力二〇ノットの、「陸奥」とは比較にならぬほど劣弱な旧式艦であった。その上同型艦の「河内《かわち》」は、大正七年七月十二日徳山湾内で火薬庫の爆発事故によって沈没しているので、「摂津」は行動を共にするのに最も適した同型艦がなく、むろん最新鋭艦「長門」と艦隊編成を組むこともできない。つまり「摂津」の復活は無意味であり、「長門」の戦力を発揮するためには同型艦の「陸奥」が絶対に必要だった。アメリカもイギリスも、そうした事情を熟知した上で日本海軍の弱体化をねらい、「陸奥」廃棄に全力を傾けたのだ。

これに対し加藤友三郎全権は、「陸奥」を存続させるための努力をつづけ、主力艦保有量五・五・三の比率ものんで、ようやく「陸奥」の廃棄を防ぐことができた。

しかし、「陸奥」の廃棄を防ぐことによって、日本は、アメリカ、イギリスに大きな譲歩を余儀なくされた。一六インチ主砲を装備している戦艦は日本が「長門」「陸奥」の二隻で最も多く、アメリカはメリーランド一隻、イギリスは一隻も保有していない。それは不均衡だという理由から、アメリカはメリーランド以外に同型艦の「コロラド」「ウエスト・ヴァージニア」、またイギリスも一六インチ主砲をもつ二戦艦の建造と保有をそれぞれ提案し、結局日本側は「陸奥」保有の代償としてアメリカ、イギリスの主張をいれた。

その折の決定によってイギリスは、後に「ネルソン」「ロドネー」の姉妹艦を完成したのだが、その性能は「長門」「陸奥」を上廻ったものであった。その強力な二戦艦をイギリスが保有したことは、ドイツ、フランス、イタリヤ等のヨーロッパ各国に脅威をあたえ、その後それらの国々の軍備強化をうながす因ともなった。つまり「陸奥」は、さまざまな意味で大きな影響をあたえた戦艦で、日本のみならず諸外国から注目されていた存在だったのだ。

「長門」「陸奥」を確保した日本海軍は戦力を一層たかめるため、旧式艦から順に近代化改装に着手し、最後に「長門」「陸奥」の改装に取りくんだ。それは徹底した大改装で、一般改装をほどこすとともに防禦力を増強することに主力を集中、特に弾火薬庫の周囲の防禦大強化がはかられた。また改装による重量増加で吃水《きっすい》が著しく増すのを防ぐために新たに大きなバルジを艦腹の両側にはり出したが、それはむろん魚雷攻撃に対する防禦と同時に船体の安定度にも利し、重油の貯蔵庫ともなって航続力の増加をもうながした。

その大改装には二年間が費され、昭和十一年九月に終了した。「陸奥」は、トン数も改装前より一万トン近く増加した基準排水量三九、〇五〇トン（公試状態排水量四三、七〇〇トン）となり、戦闘力・防禦力も改装前とは比較にならぬほど強化され、「長門」とともにイギリスの「ネルソン」「ロドネー」をしのぐ世界最強の戦艦となった。

「長門」はその艦名からくる印象から瀟洒《しょうしゃ》な感じがしたが、それとは対照的に「陸奥」は逞《たくま》しい野武士を連想させた。その姿は、教科書や雑誌にも紹介され、少年はよく軍艦を描き、それはしばしば「陸奥」であり「長門」であった。そして、そこに描かれる艦の煙突は、後方にはげしくなびくように曲っているのが常であった。

この曲った煙突の形は、世界の艦船に類のないものであった。長門型の「陸奥」は、平賀譲《ゆずる》が造船中佐時代に主任官として設計したものだが、完成後の「陸奥」の煙突は従来の定型通り直線的に立っていた。しかし、艪檣《ろしょう》がきわめて大きいため高速で艦が走るとその後方の煙突から湧《わ》く煙が逆流して、艪檣に吹きこんだり視界をくもらせてしまう。

苦情を受けた設計陣は、煙突の先端に逆流をふせぐ冠状の遮蔽物《しゃへいぶつ》をとりつけたが、幾分煙の逆流は少くなった程度で完全とはいいがたかった。

当時造船少将に進級していた平賀は当惑したが、部下の藤本喜久雄《きくお》造船中佐の着想を採用して、大正十三年に思いきって煙突を曲げ欠陥を克服することができた。それは見る者の眼に異様な印象をあたえたが、その後曲げた煙突は各艦に採用されるようになった。

太平洋戦争が勃発《ぼっぱつ》してから、戦艦「陸奥」は第一戦隊（第一艦隊）に属し、アメリカ海軍との決戦に備えていた。第一戦隊の旗艦は「長門」で、「陸奥」「扶桑」「山城」の四戦艦によって編成されていた。

「陸奥」はミッドウェー海戦などに出撃はしたが日本海軍の主力艦として温存され、そのまま昭和十八年六月八日、火薬庫爆発事故によって呆気《あっけ》なく沈没してしまったのだ。

私は、そうした「陸奥」の経歴をしらべながら、柱島の農協主事松林氏から「陸奥」について書かれた中学生たちの作文類が送られてくるのを待っていた。しかし、それらしい郵送物もなく、多忙な松林氏に煩《わずら》わしい依頼をしたことが無理だったかと後悔した。私は待つことに堪えきれず、柱島の農協事務所へ長距離電話を入れた。

電話口に出た松林氏の答えは、私を失望させた。中学校の教師は、生徒に祖父母や両親からきいた「陸奥」の話を作文にして提出することを求めたが、実際に提出したのは松林氏の御子息一人だけだったという。

松林氏は恐縮したように、

「息子の書いたものだけでも御参考までに送らせていただきます」

と、言って下さり、数日後に几帳面《きちょうめん》な文字で書かれた御子息の作文を受けとった。松林氏の御好意に感謝はしたが、そこに書き記されている内容は、すでに松林氏からきいた範囲内のもので新しい発見はなく、私は礼状を添えて返送した。

私の構想では、柱島の中学生たちの作文集を紹介しながら「陸奥」爆沈について書くつもりであったが、それは事実上不可能となった。

しかし、私は、書くことを断念する気にはなれなかった。すでに私は陸奥爆沈にとりつかれていたし、そこから逃れ出ることはできなくなっていた。

「陸奥」を調べたいという意欲は一層つのったが、爆沈についての手がかりとなるものは全く見出《みいだ》せなかった。常識的に考えてみても、一瞬に爆発し沈没した「陸奥」の生存者は、極く少数にちがいなかった。またその生存者も終戦までの二年以上の間に戦死等で死亡し、さらに終戦の日から二十四年間経過している現在、生存者はさらに減少しているはずだった。

私は、生存者を探し出すため、とりあえず防衛庁の防衛研修所戦史室に行ってみた。

そこは戦争に関する資料の一大宝庫で、多くの係官がそれらを整理しながら厖大な戦史編纂《へんさん》に当っている。私は、海軍関係の史実の編纂に従事している小山健二氏に、陸奥爆沈に関する資料の有無をたずねたが、資料は全くないという返事だった。

私は落胆したが、逆に自力で調べてみたいという意欲にかられた。日本海軍は、陸奥爆沈の事実が外国、殊に敵国であったアメリカ、イギリス両国に察知されることを極度に恐れ、その秘匿《ひとく》に全力を注いだにちがいない。戦争に関する資料の集積庫である戦史室に陸奥爆沈の資料が残されていないことは、その秘匿がきわめて徹底したものであったことを示しているように思えた。

戦史室で手がかりをつかむことに失敗した私は、第二の方法をとった。それは、旧海軍技術少佐福井静夫氏の助言を得ることであった。

福井氏は、終戦直後から現在まで軍艦の研究に没頭し、日本軍艦史ともいうべき著述に生涯《しょうがい》を賭《か》けている。私は、「戦艦武蔵」という小説を書いた折に氏と会ってから、その軍艦に関する知識の該博さに驚嘆し、軍艦について書く時には必ず福井氏を訪れるようにしていた。

私は、早速その日のうちに福井氏の家に電話をかけ、陸奥爆沈についてなにか手がかりになることを教えて欲しいと頼んだ。

福井氏は、

「『陸奥』の旧乗組員には会いましたか？」

と、言った。

それを探しているのだと言うと、

「ちょっと待って下さい」

と言って、受話器を置いた。

しばらく待っていると、

「では、メモして下さい」

という福井氏の声が流れてきて、窪谷雅二という人の住所と電話番号を伝えてくれた。

福井氏の話によると、窪谷氏は福井氏の家を訪れてきたこともあって、その折、「陸奥」爆沈時の模様を話していったという。

幸いなことに、福井氏自身も「陸奥」爆沈当時たまたま呉海軍工廠の造船部に勤務中で、それに関する工廠側の動きも知っていた。呉海軍工廠は柱島泊地に最も近く、沈没した「陸奥」の救難、調査等にも従事したのだ。

さらに福井氏は、「陸奥」爆沈直後、救難と調査を担当した一造船部員の戦後に書かれた資料を保存しているので、それを送ってもいいという。

私は、福井氏に貴重な指示を得たことを感謝すると同時に、「陸奥」爆沈調査の糸口が簡単につかめたことに安堵《あんど》した。

福井氏の教えてくれた窪谷雅二氏の家に電話をかけ、爆沈時の話をきかせて欲しいと頼むと、窪谷氏は、

「私一人では正確さを欠くでしょうから、ほかの人も誘ってみましょう」

と、快く承諾してくれた。

約束の夜、私は、窪谷雅二、芝田五郎、辻野欽三、綾部義雄、小林小左衛門の五氏と会った。

私は、それらの人に生死の境をくぐりぬけた強靱《きょうじん》な顔をみた。戦後の平穏な生活をへて一般人と変らぬおだやかな表情をしてはいるが、時折りみせる鋭い眼光には、逆巻く潮の匂《にお》いを感じた。

五人同時に話をしていただくわけにもいかず、一人ずつ体験をきかせていただくことにした。そして、私はそれを克明にメモし、正確を期すため録音もとった。

戦艦「陸奥」の爆沈前の行動をしらべてみると、爆沈四カ月前の昭和十八年二月中旬に横須賀を出港、瀬戸内海に向った。その後、柱島泊地を根拠地に、決戦にそなえて瀬戸内海で連日猛訓練にはげんでいた。すでにミッドウェー海戦の惨敗《ざんぱい》についでガダルカナル島の死闘もアメリカ側の勝利となって、戦局は深刻化していた。

北太平洋アリューシャン方面に対するアメリカ側の総反攻も活溌《かっぱつ》化し、その攻撃目標がアッツ島に向けられた。

五月十二日早朝、アッツ島にアメリカ機から勧降文が散布された後、午前十時三十分頃から戦艦、巡洋艦、駆逐艦、航空母艦等に護衛された輸送船三十隻に満載された兵力が、空軍機の援護のもとに上陸を開始した。完全装備された二万に達する兵力で、それを迎え撃ったアッツ日本軍守備隊は、軍属をふくめてわずか二千五百余名であった。

苛烈《かれつ》な戦闘がつづき、日本軍守備隊は徐々に圧迫されて、遂《つい》に五月二十九日には兵力も守備地区隊長山崎保代《やすよ》大佐以下百五十名となってしまった。

山崎大佐は最後の刻《とき》がやってきたことをさとり、その夜、

「地区隊ハ二十九日残存全兵力一丸トナリ、敵集団地点ニ向イ最後ノ突撃ヲ敢行シ、之《これ》ヲ殲滅《せんめつ》、皇軍ノ真価ヲ発揮セントス。傷病者ハ最後ノ覚悟ヲ極《き》メ処置ス。非戦闘員ハ攻撃隊ト共ニ突進シ、生キテ捕虜ノ辱《はずか》シメヲ受ケザルヨウ覚悟セシメタリ」

という訣別《けつべつ》の電報を送った。

最後の突撃がおこなわれたのは、翌三十日の夜半であった。アメリカ軍側の記録によると、日本軍将兵は喚声をあげながら殺到、アメリカ軍陣地を大混乱におとし入れた。そして、アメリカ軍に包囲されると次々に自決して果てたという。捕虜になったのはほとんどが重傷者で、それも二十九名にすぎず、他の二千数百名の日本軍将兵は、北海の島に累々《るいるい》とした死体となって横たわった。

第二戦隊（「長門」「陸奥」等は第一戦隊から第二戦隊となる）を主力とする第一艦隊は、北太平洋のアメリカ海軍兵力を攻撃するため弾薬、燃料、食糧等を満載し出撃準備をととのえていた。が、アッツ島玉砕によって出撃命令はなく、そのまま柱島泊地にとどまって待機していた。

爆沈日の六月八日、「陸奥」の属する第一艦隊の旗艦「長門」は、呉海軍工廠《こうしょう》第四ドックに入渠《にゅうきょ》して各種の修理工事と整備をおこなっていた。そのため「陸奥」は、「長門」の代りに柱島泊地の水雷防禦網にかこまれた旗艦ブイにつながれていた。旗艦ブイは直径三メートルほどの大きさをもつもので、呉鎮守府への直通電話も架設されていた。

「陸奥」では早朝から艦上訓練がおこなわれていた。旗艦「長門」は修理を終え午前九時三十分呉を出港、柱島泊地へ午後一時に到着投錨《とうびょう》することがあきらかになったので、「陸奥」は旗艦ブイをはなれて二番ブイに移る準備をはじめていた。

正午近くなって、訓練も終り昼食がはじまった。

小雨が落ち霧も濃く、泊地に碇泊《ていはく》している艦影は全くみえない。同じ第二戦隊に属する戦艦「扶桑」は西南方約一、〇〇〇メートルの位置に在泊していたが、その姿も乳白色の霧の中に埋れていた。「陸奥」を中心とした泊地の概況は、次頁の図の如《ごと》く

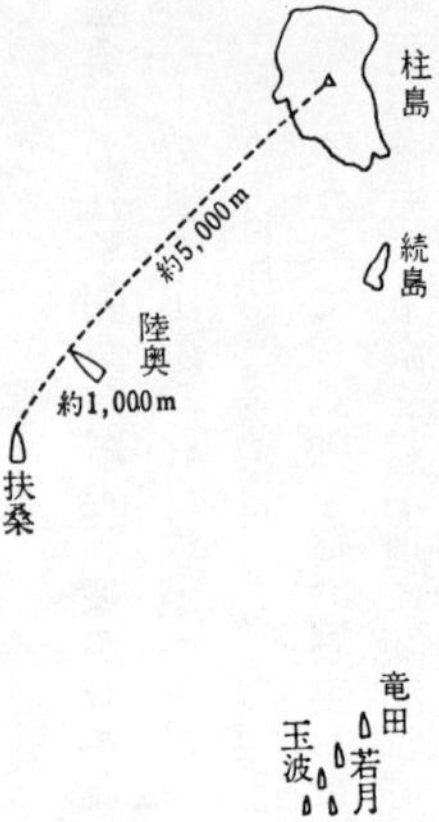

であった。
「陸奥」の乗員は千三百二十一名、それに艦務実習のため霞《かすみ》ケ浦《うら》海兵団の予科練習生と教官百五十三名が乗っていたので、合計千四百七十四名の者が在艦していた。
当時一等機関兵曹《へいそう》として辛《かろ》うじて死を免《まぬか》れた綾部義雄氏は、午前六時、午後零時、午後六時と日に三回の海水温度検査を担当していたが、爆発寸前の午後零時の検温では海水温度摂氏一八度、また潮の流れは、毎時四・五ノットであったという。機関科では、「陸奥」の旗艦ブイから第二号ブイへの移動にそなえて、罐《かま》をたいて出航準備中であった。
大爆発と同時に、艦内の電気は消えた。沈没までの時間がきわめて短かったので、艦の下部と爆発個所に近い後部にいた者たちは脱出する余裕はなく生存者はいない。私の会った生存者五名の方々も一名が上甲板に、他の四名も上甲板近くの前部艦内にいた方ばかりであった。

上等水兵であった辻野欽三氏は上甲板にいて、爆発時の光景をよく見ている。

辻野氏は、乗艦してきた予科練習生の担当係で、昼食後かれらの濡《ぬ》れた衣服を換気装置で乾燥させようとした。しかし、その装置のある部屋に錠がかかっていたので、左舷上甲板に行き用具箱から鍵《かぎ》をとり出した。その瞬間に爆発が起った。爆発音は煙突方向から起り、艦は激しく揺れた。ふり返った辻野氏は、すさまじい火柱がふき上るのを見た。凄絶《せいぜつ》な火炎に、辻野氏の腰はくずれた。私のノートには、辻野氏の体験した話がこんな風にメモされている。

――頭上ノ空ニ、オビタダシイ鉄板ガ舞イ上ッテ飛ンデイル。高ク上ッタ鉄板ハ、一面ニ飛ビ交ッテイル黒イ鳥ノヨウニ見エタ。艦ガ右舷《うげん》方向ニ忽《たちま》チ傾イタ。短艇甲板ノオスタップ（wash tub（盥《たらい》）が訛《なま》った海軍語）置場ノオスタップガ、音ヲ立テテ転ガリハジメタ。

艦ガグングン傾クノデ、辛ウジテ短艇甲板ニ下リタ。高イ艦橋カラ、人ガポロポロ落下スルノガ見エタ。

海水ガ渦《うず》ヲ巻イテ、ソノ上ニ落チタオスタップガ、クルクル廻《まわ》ッテイル。海水ガ、眼ノ前ニ迫ッテキタ。

困ッタ、ト思ッタ。ソノウチニ海水ガ渦巻キナガラセリ上ッテキタ。

水ニ入ルナト思ッタノデ、息ヲ一杯吸イコミ手スリニツカマッテ水中ニ入ッタ。猛烈ナ水圧ガカカッテキテ、体ガラッタル（ladder 梯子《はしご》の訛称《かしょう》）ニ押シツケラレ、ドウシテモ動カナイ。耳ガ、ガーント鳴ッタ。死ヌ、ト思ッタ。シカシ、不思議ト苦シクハナカッタ。

今思ウト横転シタ艦ノ艦橋ノ頂キガ海底ニツイタカラダロウガ、急ニ水圧ガユルンデ体ガ動イタ。ラッタルヲ蹴《け》リ、短艇甲板ヲ這《は》ッテ手スリヲ蹴ッタ。必死ニ犬カキデ、水ヲアオッタ。全クノ闇《やみ》。体ガ水底ニ向ッテイルヨウナ気ガシタ。水ヲ、ガブット飲ンダ。

ソノウチニ海中ガ、ボーット明ルクナッテキタ。浮上シテイルラシイ。嬉《うれ》シクナッタ。マタ水ヲガブット飲ンダ。

ポッカリト水面ニ、顔ガ出タ。重油ガ流レテイル。小関秀二トイウ同年兵モ、海面カラ顔ヲ出シタ。私ハ、「オーイ、小関」ト言ッタ。

辻野氏は一時間ほど泳いだ後、内火艇に引き上げられ、「扶桑」に収容された。その時、腕時計の針は零時十三分でとまっていた。

時計は、氏が海中に入った時とまったものと思われる。その後、他の生存者の方々からも話をきいたが、それらを綜合《そうごう》すると、爆発時刻は午後零時十分から十三分の間と推定できる。

この夜、窪谷雅二氏の体験談をきくのには時間的に不十分であった。が、一カ月後、あらためて窪谷氏から詳細に話をきくことができた。

テープレコーダーのスウィッチを入れると、

「私は、秋田訛《なまり》がひどいですから」

と、苦笑された。

「陸奥」は横須賀鎮守府所属なので、関東、東北、北海道地方出身者が多く、窪谷氏も秋田県八森《はちもり》町出身だった。

窪谷氏は、機関学校選修学生出の工作兵曹長で、注排水装置を操る後部応急部指揮者であった。

爆沈の日、昼食の開始時刻（午前十一時四十五分頃）がいつもより数分おくれ、食事の終ったのは午後零時十分頃であった。窪谷氏は、中央よりやや前部にあった准《じゅん》士官室の舷窓の傍《そば》におかれたソファーで休息をとり読書していた。

「その時です、ドカーンと大きな音がして、ハラワタがゆすぶられるような震動を感じました。それからつづいてまた音がして、震動したのです。すぐに舷窓から外を見てみると、艦の後部で煙がまっすぐふき上っているのがみえました」

窪谷氏は准士官室をとび出すと、自分の配置である上甲板の後部にある注排水指揮所へ走った。が、艦橋の下まで来た時、艦が右へ激しく傾き、氏は立っていることができずハンドレール（甲板の周囲に張りまわされた鉄又は鉄鎖製の手摺《てすり》）にしがみついた。

窪谷氏は進もうとしたが、足がすべるのでやむなくハンドレールを越えて外舷に出た。傾斜はさらに増して立っていることはできなくなり、手をついて四つん這いになった。

傾斜が、九〇度を越えた。海中から海水をあおり立てながら巨大な艦底が姿をあらわし、背後から激しく波立つ海水がせまってきた。

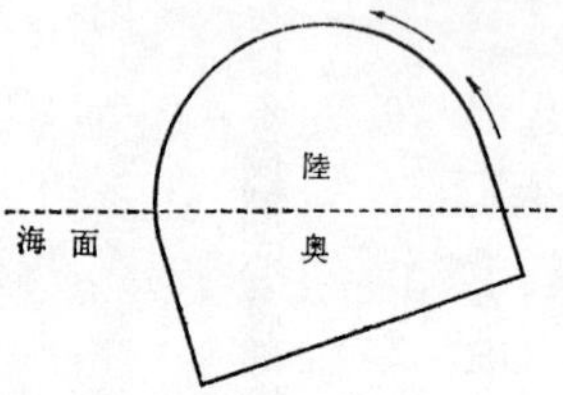

「私は這いつくばっていたのですが、艦が横倒しになり逆転しはじめたので、艦の腹に這い上りました。そして艦底を上へ上へと這って進み、やがて艦底の頂きの見えるところまできました」

と言って、窪谷氏は私に前頁のような図を書いてくれた。

「艦底には、牡蠣《かき》や雑貝や海草が一面に付着していたのでしょうね」

と、私は言った。

四年ほど前に戦艦「武蔵」副長加藤憲吉氏から、「武蔵」の沈没時の話をきいたことがある。その折、艦底には貝類と海草があたかも前世紀の海獣の体皮のように厚く付着密生していたということをきいた。その記憶から、こびりついた貝類と海草の上を這う窪谷氏の姿を想像したのだ。

「ところが『陸奥』は十日ほど前、呉海軍工廠のドックに入って牡蠣落しもすませていたので、貝類も付着していなかったのです。牡蠣でもついていたら這い上りやすかったのですけど……」

氏は、艦底の頂きにむかって這い上りつづけたが、遂に足をすべらせすさまじい速度ですべり落ちた。氏は意識を失った。

どれほど経過したかわからなかったが、気づいた時は海面で手足を動かして立ち泳ぎをしていた。氏は、沈没時に出来る大きな渦に巻きこまれることを避けるため、必死に艦からはなれることにつとめた。ようやく五〇メートルほど距離がへだたった時、ふり返った氏の眼に、思いがけぬ光景が映った。私のメモには、その折の氏の驚きがこんな文章で書きとめられている。

――「陸奥」ハ完全ニ顚覆《てんぷく》シ、赤イ艦底ガ水面カラ出テイタ。ソノ上ニ這イ上ッタ人ノ姿ガ沢山見エタ。艦ガ切断サレタラシク、艦尾ガ突キ立ッテ艦尾ノ旗竿《きかん》ガ見エタ。艦ハ旗艦ブイニ繋《つな》ガレタママデ、ソノ鎖モ見エタ。

旗艦ブイノ上ニハ十名程ノ白イ作業服ヲ着タ者タチガ立ッテイタ。鷗《かもめ》ガトマッテイルヨウニ見エタ。

周囲に泳いでいる者が増した。草間武夫中尉《ちゅうい》もその中にまじっていて、窪谷兵曹長は草間中尉と周囲の者を誘導しながら泳いだ。

そのうちに霧もわずかにうすらぎ、「扶桑」の艦影が淡く見えはじめた。

「それから私たちは『扶桑』の方に泳いだのですが、泳いでいる者が実に少いなあと思いました」

窪谷氏の眼に、光るものが湧《わ》いた。

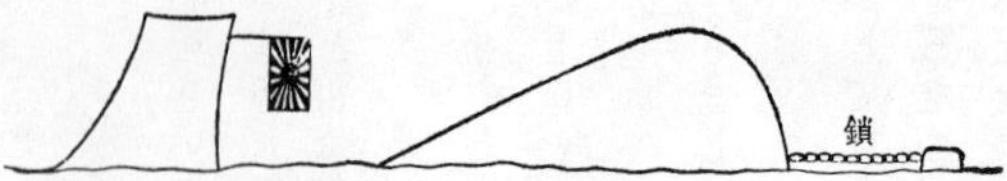

しばらくすると、かれらは厚い重油の流れに入った。重油を飲むと死ぬという話をきいていたので、窪谷氏は頭をあげて泳いだ。周囲には、ベッド、枕《まくら》、木材などが浮《ふ》游《ゆう》していた。

「扶桑」から発した内火艇が、白波をあげて近づいてきた。棒がさし出されたが、手が重油にぬれていて、何度つかんでもすべってしまう。服をつかまれ、十五名ほどの者が内火艇に引きずり上げられた。

「舟底に坐《すわ》りましたら、急に激しい寒気におそわれましてね。歯が鳴るし、体がふるえるし、寒くてたまりませんでした」

と、窪谷氏は言った。

窪谷氏たちは「扶桑」に収容されたが、その中には草間中尉以外に荒川正薬剤少尉の姿もあった。

救出された者たちは、艦の後甲板で服をぬがされ、入浴をし、事業服を支給された。日本酒を飲むようにすすめられたが、精神的な衝撃で口をつける者はほとんどいなかった。

救出された乗員は、「扶桑」と「竜田」に収容され、やがて急航してきた「長門」に「竜田」の生存者が移された。両艦に収容された生存者は、計三百五十三名であった。つまり四分の三強の乗組員たちが爆沈によって死亡または行方不明となったのだ。

三

柱島泊地に投錨していたのは、「陸奥」「扶桑」以外に、軽巡「竜田」、駆逐艦「若月」「玉波」等で、「陸奥」に最も近い位置にいたのは戦艦「扶桑」であった。「扶桑」運用長であった宮下亮氏（当時少佐）の話によると、爆風の衝撃はすさまじく、氏も乗員とともに甲板上にとび出したという。しかし、海上には濃い霧が立ちこめてなにも見えない。そのうちに霧の中から、異様なものが立ちのぼるのを認めた。それは壮大な円筒形をした黒煙で、一〇〇メートルほどの高さにまで達した。頂きに近い部分は赤らみ、上部が横にひろがった。

黒煙の方向には「陸奥」がブイにつながれているはずなので、宮下少佐は、確認のため艦載水雷艇で「陸奥」に急行しようとしたが、副長から強く制止された。敵潜水艦が柱島泊地にもぐりこんで、「陸奥」に雷撃を浴びせたのではないかと推察されたからだ。「扶桑」艦上に「戦闘配置ニツケ」のブザーとラッパが鳴り、乗員は急いでそれぞれの部署についた。そして、周囲の海面を厳重に監視した。

柱島泊地は、無気味な緊張につつまれた。瀬戸内海には防空砲台を備えた島々が点在し、せまい水道には多くの機雷が敷設され、見張所と駆潜艇によって監視がおこなわれている。柱島泊地は、その最も奥深い位置にあって、敵潜水艦のもぐりこむ危険は考えられなかった。

しかし、開戦時真珠湾に潜入した日本の特殊潜航艇のように、監視の眼をくぐって柱島泊地に潜入し、「陸奥」に対して魚雷を発射したことも想定できないことではなかった。

「扶桑」の見張員は、対潜警戒を厳にしていたが、黒煙の立ち昇る方向の霧の中から白い航跡が近づくのを発見し緊張した。それは、魚雷の航跡ではなく、全速力で接近してくる艦載水雷艇であった。

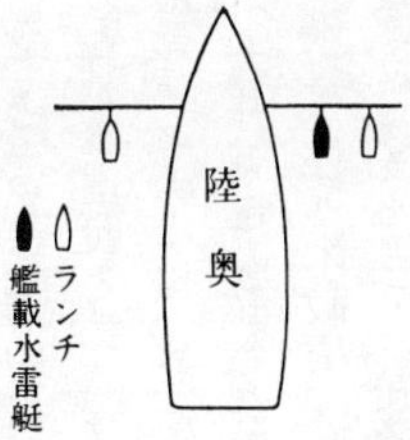

「扶桑」に接舷した水雷艇から顔を引きつらせた下士官が、

「陸奥爆沈」

と叫んだ。

「陸奥」は、爆沈時に上図のように両側に一〇メートル余の繋船桁《けいせんこう》を突き出していて、そこに第一艦載水雷艇、第一、第二ランチの三隻をつないでいた。

「陸奥」の突然の爆発と沈没によって、繋船桁につながれていた水雷艇とランチも「陸奥」とともに海中にひきずりこまれかけ、第一ランチは海中に没した。しかし、第一艦載水雷艇と第二ランチは繋船桁から奇蹟《きせき》的にはなれることができた。

第二ランチには、二曹 千葉利助、上水 中野武雄、一水 西川謙、同 岩瀬甲子司、上機 大井誠也の五名が乗艇し、海中に引きこまれた第一ランチの乗員二曹 小宮山岩夫、水長 佐々木政男、一水 大木金次郎、機兵長 根本保治と重傷を負った一水 徳田司呂（収容後死亡）の五名を救出した。

沈没をまぬかれた第一艦載水雷艇には、一曹 浅見正一、水長 寺内一雄、上水 南部正寛、一水 竹田法光、機兵長 佐藤勝雄、二機曹 町田常雄、一機 田村祐之が乗艇し、渦の上を激しくもまれながらもようやく離脱、僚艦「扶桑」に「陸奥」沈没を急報したのだ。

報告を受けた「扶桑」艦長鶴岡信道大佐は、ただちに旗艦「長門」に、

「ムツ　バクチンス」

の暗号による緊急信を打電した。

「長門」は、呉海軍工廠の第四ドックで修理後各種の補給品の搭載《とうさい》も終え、柱島泊地にむかって回航中であった。「長門」でも乗員たちは、柱島泊地方向からの大爆発音

を耳にした。

練習で主砲でも発射したのかと想像したが、それにしては余りにも重々しく大きな音であった。

「長門」はそのまま航行をつづけ、「扶桑」からの「ムツ　バクチンス」の暗号電報を受けた。電信室から電文を受けとった通信長三井淳資中佐は、艦橋に駈《か》け上った。

第一艦隊司令長官清水光美《みつみ》中将、参謀長高柳儀八《ぎはち》少将以下司令部員と「長門」艦長久宗米次郎大佐らは、一瞬顔色を変えた。

と、それを追うように、「扶桑」から、

「タダチニ戦闘準備ヲ下令ス」

という第二信が入った。

その緊急信が入電すると、清水長官は「扶桑」をはじめ付近の全艦艇に対して、

「ムツニ関スル発信ヤメ」

と、緊急信を発した。

無電は敵側に傍受される可能性があり、たとえ暗号文によるものではあっても発信がはげしく交叉《こうさ》すれば、敵側の受信網を集中させる危険がある。

清水長官も「陸奥」の爆沈が敵潜水艦による雷撃の可能性大と判断し、久宗艦長を

通じて「長門」に「戦闘配置ニツケ」の命令を下した。「長門」は、対潜警戒のもとに北方に反転、ジグザグコースをとって柱島泊地へ急いだ。

海上は一面の濃霧だった。その中を駆逐艦や内火艇が敵潜水艦の姿を求めて走りまわった。敵潜水艦は、「陸奥」に魚雷を浴びせた後、柱島泊地周辺の島々の間にある水道に向っているとも想像され、それらの水道にも艦艇が派せられた。

また「扶桑」では、生存者救助のため艦載水雷艇、内火艇等を「陸奥」爆沈海面付近に放った。

午後二時三十分、「長門」は柱島泊地に到着した。「長門」に乗っていた司令部付足立純夫主計中尉は、

「ようやく視界もよくなって一、五〇〇メートルほどの位置に近づいた頃《ころ》、『陸奥』の艦尾が海面から突き出ているのがみえました。清水長官以下悲痛な顔をして嘆いておられました。『大和』『武蔵』をのぞいては、『長門』とともに日本の代表的戦艦でしたからね、それがわずか艦尾だけがみえるだけで沈没してしまっていたのですから……」

と、当時を回想した。

海面に人影はなかったが、浮游物がいちめんに漂い、「陸奥」の巨大なバルジが破裂して防禦管《ぼうぎょかん》が浮いていたのを記憶しているという。

「長門」は、その後、左図のような位置に碇泊《ていはく》し、対潜警戒と生存者収容の指揮にあたった。

「陸奥」の艦尾は逆立ちしたまま海面に突き出ていたが、爆沈後十四時間たった六月九日午前二時頃海中に没したらしく、朝になるとその姿は消えていた。

日本の代表的戦艦「陸奥」の喪失は、日本海軍にとって衝撃的な事件であった。

「陸奥」の爆沈原因が、もしも敵潜水艦の雷撃によるものであるとしたら、連合艦隊の最大の根拠地である柱島泊地の安全性がおびやかされたことになる。これは、苛烈《かれつ》となったアメリカの反攻作戦を打破しようと企てていた日本海軍にとって、きわめて憂慮すべきことであった。

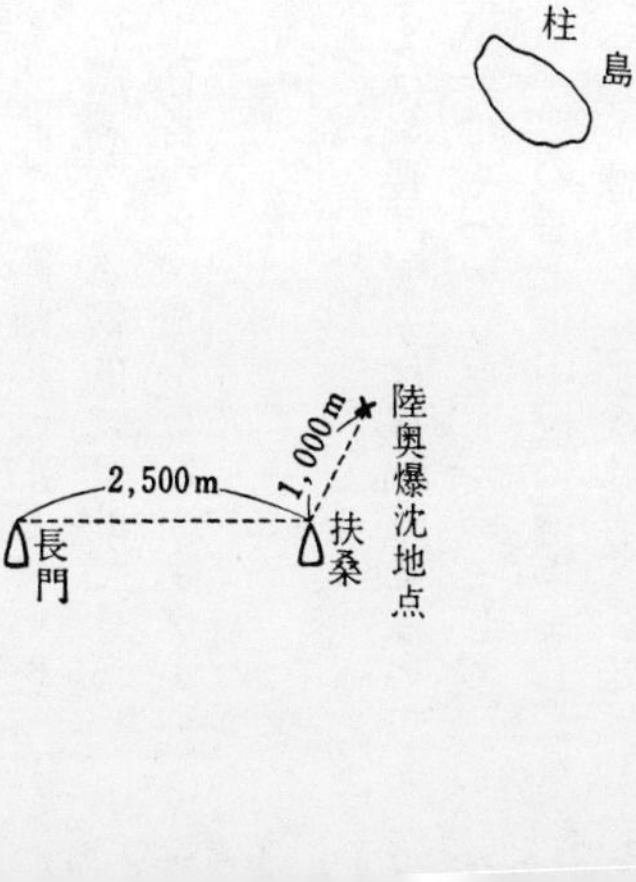

敵潜水艦の雷撃による爆沈か、それとも他の理由による沈没か、日本海軍はその原因を早急に知る必要があった。しかし、一、〇〇〇メートルの距離に碇泊していた「扶桑」からも壮大な黒煙しか眼にできなかったほどの濃霧で、客観的に判断できる資料はなにもない。残された方法は、「陸奥」乗員の生存者から、なんらかの手がかりをつかむことだけであった。

「扶桑」に救助された窪谷雅二氏は、

「収容されてようやく気持も落着いた頃でした。今思えば『長門』が柱島泊地に着いたのでしょう、中佐の司令部参謀が顔色を変えて『扶桑』にやってきました。そして、『陸奥』乗員は上甲板に集れ！　と命令しました。私は、他の者と上甲板に行きましたが、海上には『陸奥』の姿はなく、小さな船が無数に走り廻っているのが見えるだけでした。参謀の中佐が、『お前たちは爆発の時どこにいたか？　何をみたか？　どのようにして助かったかを詳細に書け』と言って、藁半紙《わらばんし》を配りました。私たちは真剣に書きましたが、私は沈没の原因を自然爆発と思われると書きました」

と、説明してくれた。

この生存者たちの提出した報告書からは、さまざまな貴重な資料が得られた。

多くの者は、後部にある三番砲塔又は四番砲塔付近から異様な煙が噴出するのを認めたと報告した。それによって、三番砲塔又は四番砲塔直下にある弾火薬庫が爆発し、艦が裂けたと一応推定できた。

生存者たちの報告は、潜水艦による雷撃の疑いをうすめさせた。もしも潜水艦が攻撃したとすれば、必ず魚雷の航跡が海面を走るが、それを眼にしたものは一人もいなかった。また魚雷が艦に命中した折には、当然衝撃音につづいて爆発音が起るが、「陸奥」の場合は衝撃音はなく爆発音のみであった。魚雷によるものであったなら必ず舷側に大きな水柱があがるはずであるが、それを眼にしたものもいなかった。

それらの報告を検討した結果、「陸奥」の爆沈は、弾火薬庫の爆発による疑いを深めた。しかし、万が一を考えて依然として対潜警戒は続行された。

陸奥爆沈の報は、大きな波紋となってひろがっていった。

柱島泊地の警備に当っている呉鎮守府はこの報に驚愕《きょうがく》した。

当時の呉鎮守府司令長官は高橋伊望《いぼう》中将、参謀長は小林謙五《けんご》少将（六月十二日には大西新蔵少将が着任）で、参謀に首席参謀有田雄三大佐以下富永章中佐、古館早麿少佐らが配され、人事部長に田中菊松少将、法務長に小田垣常夫法務少将等がいた。

私は、呉鎮守府の動きを知るため、有田首席参謀に電話をかけた。

有田氏と待合わせたのは、東京の大森駅の改札口であった。氏は、近くに静かな喫茶店もないので、家へ来るようにと閑静な住宅街に入っていった。

氏は、川崎の生れで東京府立一中を経て海軍兵学校に入学された方である。案内された自宅の室内には百個以上ものカップや楯《たて》があったが、それは氏と令嬢が庭球の試合で得たものだという。

「『陸奥』の爆沈はもう遠い昔のことですから、記憶も薄らいでお役に立ちますかどうか」

と、有田氏は微笑した。

「陸奥」の爆沈は二十六年前に起ったことで、それを正確に知りたいと思うことが元来無理なのである。そして事実、有田氏の話の中には、首をかしげざるを得ない部分もあった。それは氏の記憶が、「陸奥」の爆沈した日の夕方からはじまっている点であった。

呉鎮守府の退庁時間は午後五時であったが、要職にあった氏は、午後六時頃鎮守府を出た。

氏は、家族を東京に残し一人住まいであったので、水交社で夕食をとった後、近くの官舎にもどった。

「しばらくして……」

氏は、言った。

「何時頃でしたか」

私は、たずねた。

「官舎にもどって間もなくでしたから、午後七時半頃だったと思います」

氏は、慎重な口調で答えた。

鎮守府の当直参謀から、至急登庁していただきたいと電話がかかってきた。氏が鎮守府に行くと、参謀長室に第一艦隊参謀長高柳儀八少将が先任参謀を伴なって坐っていた。

有田大佐は、高柳参謀長と先任参謀のこわばった表情に、なにか好ましくない突発事故が発生したことを知った。

大佐が椅子《いす》に坐ると、参謀長は、

「『陸奥』が沈んだ」

と、低い声で言った。

有田大佐は、顔色を変えた。

参謀長は、事故の概要を説明し、爆沈の事実の秘匿《ひとく》その他に全力をそそいで欲しいと依頼した。呉鎮守府としては、管轄地域に起ったことなので警備、防諜《ぼうちょう》、爆沈原因の調査に協力することは当然だった。

有田大佐は諒承《りょうしょう》すると、すぐに自動車で呉鎮守府司令長官高橋中将の官邸におもむいて報告し、部内電話で小林参謀長にも連絡をとって指示を仰いだ。そして、再び鎮守府にもどると、その夜は一睡もせずに各方面への手配に没頭した。

有田首席参謀に課せられた任務は、第一に爆沈事実の漏洩《ろうえい》をふせぐことであった。この方法としては、海軍省からの指示にしたがって左のような処置をとることになった。

一、陸奥爆沈の事実は、最もきびしい「軍機」扱いとして、呉鎮守府部内でも各部門の最高責任者のみに伝え、それ以外の者には察知されぬようつとめる。

二、陸奥爆沈の事実を知っているのは、柱島泊地に在泊していた「長門」「扶桑」以下「竜田」「若月」「玉波」等の艦の乗組員であるが、乗組員から爆沈の事実が洩《も》れることを防ぐため上陸を一切禁止し、さらに口外することのないよう厳重に伝達する。

三、「陸奥」爆沈時には幸い霧が濃く、付近の島々の住民や近くで操業中の漁師には、その沈没する姿を目撃された事実はほとんど無いものと考えられる。しかし、激しい爆発音と衝撃は感じとっているはずで、不審をいだいた者はかなりの数にのぼるものと思われる。これらの者に対しては、その疑惑を消し去る努力を重ね、もしも爆沈を口にする者がいた場合は、容赦なく逮捕し拘留する。

四、「陸奥」乗組の生存者（負傷者をふくむ）は直接爆沈を経験したので、厳重な隔離状態におく。

五、陸奥爆沈による死者及び艦からの流失物は、あたり一帯の海面に浮游《ふゆう》し、一般住民の住む海岸に漂着する可能性が大きい。それらは住民の疑惑をまねき、陸奥沈没が露顕するきっかけとなる怖《おそ》れがある。そうしたことを防ぐため、海面に浮ぶ死体その他を至急に拾い集め、また付近の海岸線に警備隊員を派遣して、死体の収容と漂着物の焼却処分を積極的におこなう。

六、一般人の動静に十分注意をはらい、陸奥爆沈の噂《うわさ》がひろまらぬよう厳重に監視する。その方法の一つとして郵便物の検閲も実施する。

このような方針にもとづいて、有田首席参謀は、まず呉鎮守府警備隊司令官佐藤勉少将と呉憲兵隊長藤本治久吾陸軍中佐に、警備、防諜のための出動を要請した。また爆沈原因の調査協力は、呉海軍工廠《こうしょう》に一任した。

私は、海軍の検察機関ともいうべき法務部門が、当然この機密秘匿処置に関係したにちがいないと推定し、当時法務少将として呉鎮守府法務長であった小田垣常夫氏を

自宅にたずねた。が、氏は、

「『陸奥』が沈んだのを知ったのは、かなりたってからで、その時は知らされませんでした」

と、思いがけぬことを口にした。

氏の説明によると、法務官は海軍全体で百五十名ほどいたが、その職務は事件が起きた後の処罰を判定するもので、「陸奥」爆沈直後の鎮守府の動きとは直接の関係がないという。私が法務官に対する知識が足りなかったための錯覚だったのだが、それにしても鎮守府の重要な地位にあった法務長がその事実を知らされなかったということは、常識的に考えて信じがたいことであった。しかし、それは、呉鎮守府部内でいかに徹底した機密秘匿がおこなわれたかをしめすものと思えた。

私は、有田氏に、

「呉鎮守府の機密秘匿方法の一つとして、『陸奥』爆沈直後、防諜演習と称して一般人の手紙の検閲をなさいませんでしたか」

と、問うた。

防諜演習についての話を私にしてくれたのは、当時呉海軍工廠の造船部員であった福井静夫元技術少佐であった。福井氏は、私にこんな風に言った。

『『陸奥』が爆沈したのは六月八日ですが、たしかその翌日の九日か翌々日の十日に、臨時防諜演習が発令されて、その告示は中国新聞にものったように記憶しています。その防諜演習では、防諜のためと称して郵便物の検閲がおこなわれ、一般人の手紙は葉書のみとして封書を一切禁じたはずです。一般人の中には『陸奥』の爆沈に気づいている者がいるかも知れない。そうした者が爆沈の事実を手紙に書けば、たちまちそれは日本全国にひろがるし、敵の諜報機関にも察知されることになる。それを防ぐ方法として検閲をおこなったのですが、郵便局では封書の手紙をすべて突っ返したときました。私の記憶では、爆沈の半月ほど前の五月二十三日と二十四日の二日間、呉市を中心とした地域で防空演習が実施された。防空演習についで防諜演習がおこなわれることは自然なので、一般の人々も別に不思議とは思わなかったようです」

そのことについて有田氏にたずねたわけだが、氏は、

「そう、そう。思い出しましたよ。たしかにそんなことを実施して郵便物の検閲をしました」

と、答えた。そして、さらに記憶がよみがえったらしく、

「なんとかして郵便物の検閲をしたいと思ったのですが、突然にやると却《かえ》ってなにかあったなと一般の人々に怪しまれる。そのため防諜演習を発令して、それを口実に実

施したのです」

と、頬《ほお》をゆるめた。

有田氏の説明によると、軍港でもある呉市では、市民の間に防諜団というものが組織され、呉鎮守府が指導にあたった。その折の防諜演習も、それらの防諜団に指令したはずだという。

この防諜演習の話は、私にとって興味深かった。それは日本海軍が陸奥爆沈の事実を隠蔽《いんぺい》することにいかに努力したかをしめすものと思われた。

私は、この演習が実際におこなわれたことをたしかめたかった。それには、爆沈直後の中国新聞に演習の告示が掲載された、という福井氏の記憶を確認する必要があった。

私は、広島市にある中国新聞の本社を訪れ、陸奥爆沈日の昭和十八年六月八日以後の新聞の閲覧を請《こ》うた。しかし、応接してくれた文化部の方は、原子爆弾投下によって中国新聞社も被災し、戦時中の新聞は焼失してしまったという。ただ呉市図書館には残っているはずだ、と教えてくれた。

私はすぐに呉に赴き市立図書館の水島館長に会い、倉庫に積まれた中国新聞と呉新報を閲覧させてもらった。

新聞を繰っていった私は、福井氏の記憶にある防諜演習の告示を探し出すことはできなかった。しかし、「陸奥」爆沈後十日ほどたった新聞に福井氏と有田氏の記憶を裏づける有力な記事を発見した。それは、次のような内容のものだった。

去る(六月)十一日から、特令あるまで実施されていた呉鎮守府の第二回防諜週間にあたり、呉市連合防諜団長鈴木市長より各町内会防諜団長に対し、左の通り通《つう》牒《ちょう》を発す。

一　流言蜚語《ひご》に迷わされないこと

二　流言をなすものの本体を捕えること

三　諜者または挙動不審者の発見

その際は事件の内容、事件発生の日時場所、容疑者の住所氏名、不明の場合は人相、特徴、服装、所持品、行先等、また被告者の住所氏名、目撃者の住所氏名などをただちに取締官憲に報告すること

私は、福井氏の恐るべき記憶力に一驚した。この記事によると、防諜演習は六月十一日から実施されたが、福井氏の口にした六月九日か十日という日とほとんど一致し

ている。また有田氏の説明通り、呉市には呉鎮守府によって各町内会に防諜団が組織されていて、防諜に関する通達も流されていたのだ。

この記事の中で特に注目されることは、冒頭の「特令あるまで」という一句である。それは防諜演習の実施期間がいつまでと定められたものではなく、その後かなり長い間実施されたことをしめしている。一般市民は、不審感もいだかず防諜演習下にあったわけだが、その裏には陸奥爆沈という事実がひそんでいたのだ。

私は、有田氏から呉鎮守府のとった方針について知ったが、さらにその手足となって実際に動いた部門の知識も得たかった。

氏の話によると、爆沈原因の調査は、東京の海軍省、艦政本部から派遣された査問委員会に呉海軍工廠が協力し、また防諜警備等の機密保持方法については、呉鎮守府警備隊と呉憲兵隊に依頼したという。

私の取材予定では、沈没原因の究明は後まわしにして、まず爆沈をとりまく海軍の機密秘匿にとられた処置を知りたかった。そのためには、呉鎮守府警備隊と呉憲兵隊の当時の責任者に会う必要があった。

そうした私の希望に対して、警備隊の動きを知るには当時警備隊先任参謀（海兵団副長兼務）としてその直接の指揮をとった山岡昭一氏（当時海軍大佐）が適当だろうと教えてくれた。

私は、有田氏の好意を謝して自宅を辞した。そして、住宅街をぬけ大森駅前についた時、私は、足をとめた。

有田氏の話には、重要な点で釈然としないものがある。氏が陸奥爆沈の事実を知ったのは午後七時半すぎだというが、それでは爆沈後七時間以上も経過していることになる。

「陸奥」爆沈直後、近くに投錨《とうびょう》していた「扶桑」では、「陸奥」の艦載水雷艇員の急報を受けたと同時に、

「ムツ　バクチンス」

という緊急信を打電している。

その電文は、当然呉鎮守府でも傍受し、同じように傍受した海軍省からの緊急指示も受けたはずだ。むろん鎮守府の要職にあった有田大佐は、爆沈後間もなくその事実を知ったにちがいない。

私は、夕方の雑沓《ざっとう》する駅前で長い間立ちつくした。人の体が強く当って、私はわれに返って歩き出した。

「高柳（第一艦隊）参謀長の訪れを受けた夜のことははっきりとおぼえている」と、

氏は言った。そして「その時の体の凍るような驚きも忘れられない」ともつけ加えた。

氏は、つつましい態度で、私の乞《こ》いを入れて記憶することのみを語ってくれたのだ。

しかし、私には、呉鎮守府の動きが余りにも悠長《ゆうちょう》すぎると思われた。事故発生地点に近い呉鎮守府が爆沈後七時間以上もたってから動きはじめたなどということはあり得ない。

多くの人と会う私は、絶えず記憶ちがいの話にさらされていると言っていい。或《あ》る艦政本部員だった方は、「陸奥」爆沈後、柱島へ急行した折、事故現場で山本五十六連合艦隊司令長官に会ったと言った。だが、陸奥爆沈は昭和十八年六月八日であり、山本五十六大将は、二カ月近くも前の同年四月十八日にブインで戦死している。二十六年という歳月が、記憶を乱しているのである。

その翌日、私は、有田氏の紹介してくれた呉鎮守府管下の警備隊先任参謀であった山岡昭一氏の家を訪れた。

氏の家は、神奈川県の大船駅で下車してからタクシーで十分ほどの閑静な傾斜地にあった。以前は果樹園であったというだけに、庭には柿の実のつややかにみのった樹が数多く植えられていた。

山岡氏は、「陸奥」の爆沈した昭和十八年六月八日正午すぎのことを、こんな風に私に述べてくれた。

「記憶は定かではありませんが、昼食後、呉警備隊司令官兼海兵団長佐藤勉少将のお供をして、市民から献納された海軍機の受納式に出席しました。式がはじまりまして間もなく、佐藤少将に人が近づいてなにか耳うちしました。少将の顔色が変りまして、お前、すぐに鎮守府へもどれと言われたので、なにか変事が起ったなと鎮守府へ急いでもどりました。そうしましたら、軍機のすごいやつをお前だけに話す。実は『陸奥』が沈んだというのです。私は、呆然《ぼうぜん》としました」

私は、山岡氏に有田氏が夜の七時半頃になって爆沈を知り、警備隊その他に指示したと言っておられるという話をしてみた。

山岡氏は、しばらく考えてから、

「そんなはずはありません。たしか鎮守府へ急いでもどった時、有田首席参謀もおられました」

と、答えた。

献納式があったのが爆沈当日であったなら、山岡氏は爆沈後二時間足らずでその事実を教えられたわけで、むろん有田首席参謀は、それ以前に知っていたことになる。

その後私は、呉市図書館で中国新聞の六月九日の欄に、

「空征《ゆ》け（呉市民号）

艦上爆撃機九機　晴れの命名式」

という見出しによる左のような記事を探し当て、山岡氏が陸奥爆沈を知ったのは、爆沈後二時間ほどしてからであることを確認した。

三十数万呉市民の燃える撃滅精神をこめて、先に献納手続をとっていた艦上爆撃機九機の晴れの命名式は、大詔奉戴日《たいしょうほうたいび》の八日午後一時半から、呉市二河《にこう》公園で海軍大臣（代理渋谷呉工廠長）臨場のもとに田中呉海軍人事部長が委員長となり、鈴木呉市長ほか各官公衙長《こうがちょう》、町内会長、一般市民、学校生徒児童、男女海洋少年団員、白衣の海軍勇士等数千名が参加して、厳粛に挙行された。

修祓《しゅうふつ》、祝詞《のりと》奏上の後、献納者代表として鈴木呉市長の献納の辞があり、ついで渋谷海軍大臣代理が音吐朗々と第一呉市民号から第九呉市民号まで順次命名し、玉串《たまぐし》奉奠《ほうてん》の後、海軍大臣代理の謝辞が述べられ、宮村広島県知事の祝辞があり、さらに国民学校児童代表三原浩君（二河校六年）と中学生代表大古昭枝さん（市女一年）が声高らかに呉市民号九機の壮途を送る辞を朗読して参列者を感動させ、広島師団長代理小林大佐の発声で聖寿の万歳を三唱、最後に参列者一同、命名の歌（報国の翼）

を合唱して三時閉式した。

尚、式後呉市民号に尽力した全町内会長に対する鈴木市長の感謝状贈呈式がおこなわれ、ついで海軍軍楽隊の演奏、呉市民館保育園園児の舞踊などが行われた。


この記事はかなり大きく扱われ、海軍大臣代理として出席した呉工廠長渋谷隆太郎中将が、祭壇にむかって祝辞をあげている後ろ姿の写真ものっている。記事中に佐藤勉少将の名はないが、まちがいなく山岡大佐を伴なって出席していたのである。

佐藤少将が陸奥爆沈の事実を知らされたのは式がはじまってからであることから考えて、少くとも爆沈後間もなく呉鎮守府ではそれに対処する方法をとったと想像される。豊後《ぶんご》水道、広島湾、伊予灘《なだ》などの艦艇と飛行機による警戒と、また大阪警備府による紀伊水道に対する同様の処置も機敏に実施されたはずだ。それらは、むろん海軍省の指示にしたがったものにちがいない。

海軍省の陸奥爆沈に対する態度は、徹底的にその事実を秘匿《ひとく》することにあり、警備隊も鎮守府命令にしたがって行動を開始した。

「陸奥」の爆沈位置の周辺には、柱島、大島等の島が散在している。好天であったならば、「陸奥」の爆発と沈没とは、それらの島の住民や付近で操業している漁船の漁師の眼に映じたはずである。

しかし、濃霧が「陸奥」の艦影を厚くおおい、近くの島でもわずかに黒煙の噴き上るのが認められただけだった。

「不幸中の幸いだった」

という意見を口にする者も多かったが、その大爆発音は、遠く呉軍港から柱島泊地に回航途中の「長門」乗員をも驚かせたし、付近の島々の住民や岩国を中心とした中国地方の瀬戸内海沿岸に住む人々の耳にも達したものと想像された。当然かれらは、その爆発音に一つの疑惑をいだいたにちがいなかった。

呉警備隊は、まず陸奥爆沈の事実を一般にさとられぬ方法として、漂着死体やそれに準ずる浮游物の収容につとめることになった。ただちに警備隊二個中隊が編成され、漂着物の流れる可能性のある島々や諸島《もろじま》水道等に急派した。

「ところが、二個中隊を編成したものの、なんの目的で任務につかせるのか説明するわけにはゆきません。しかし、それでは趣旨が徹底しないし、全くあの時は困りました。小隊長以上には『陸奥』のことを話す必要があるだろうという意見を述べる者もいて、その是非で大激論を交しました。結局、やむを得まいということになって、小隊長以上を呼んで、決して他言はするなと厳しく念を押して『陸奥』のことを話し、出発させたのです」

山岡氏は、苦笑した。

しかし、警備隊二個中隊といえば四百五十名にも達するので、行動の目的をさとらせぬための配慮もはらった。

二個中隊は細かく分けられ、小グループずつ出発させた。しかも、陸上での移動は目立つので、呉から舟にのせて任地に赴かせた。また駐屯地《ちゅうとんち》では、寺や学校に泊らせ、住民の家に宿泊することを禁じた。

かれらは、柱島泊地周辺の島々や岩国から大島へかけての沿岸に配置され、海岸線を巡視し、遺体と「陸奥」から流れ出た漂流物の収容につとめた。そして遺体以外のものは、すべてその地でひそかに焼却した。が、漂着物を連日のように拾い集めては焼却する兵たちの行動を、いぶかしむ住民たちも多かった。そうした報告を受けた山岡氏は、大いに困惑したという。

その後、兵たちも陸奥爆沈の事実を知るようになったので、警備隊ではそれらの派遣隊を隔離状態に置いた。

鎮守府から出動依頼を受けた呉憲兵隊でも、陸上にあって一般人の動静に厳重な監視をつづけた。

海上での死体収容は、積極的につづけられていた。それは出来るだけ多くの死者を火葬し遺骨を遺族の手に渡したいという目的と同時に、それらの死体が、一般人の眼にふれることによって陸奥爆沈の事実が露《あら》わになることを恐れたのだ。

爆沈日の六月八日には、日没までに三遺体が収容された。副砲長本明徳久大尉《だいい》、第一・第二分隊長酒井作三郎大尉、第三分隊浅見徳治一水の遺体で、軽巡「竜田」艦内に収容後、「長門」の艦載機搭乗員室《とうじょういんしつ》に安置された。

翌六月九日には遺体一体を収容、十日には三体、十一日には十二体、十二日には二十体と収容数は増していった。

遺体捜索作業は、「扶桑」乗組員と「陸奥」生存者等によっておこなわれた。二隻《せき》のボートの間に鉤《かぎ》をつけたロープを海底に垂らして進むと、死者の服に鉤がかかる。死者は、爆発時のすさまじい風圧で眼球を露出し、両手を虚空《こくう》をつかむように突き出していた。

一週間ほどたつと死体は腐敗しはじめ、ガスでふくれ上って浮流するようになった。それらは、初め柱島のはずれの砂浜で焼かれたが、三日目からは島の住民に目撃されることをおそれて、無人島の続島に火葬場と宿泊小舎《ごや》を仮設し焼骨した。

焼骨には、石油、重油、木材が使用されたが、殊《こと》に木材は多くを必要とし、柱島や他の島々で買い求めると爆沈の事実をかぎつけられるおそれもあるので、呉鎮守府海軍軍需部からひそかに団平船《だんべいぶね》で運ばせた。また柱島に在泊中の各艦からも、円材をはじめ酒保の木箱や机などを供出させたりした。

「陸奥」乗組の生存者は、「扶桑」「長門」の艦内で監禁同様の処置を受け、「長門」「扶桑」乗員との私語も禁じられた。

かれらの所属は失われていた。集合時には、「『陸奥』乗員、集レ」と命じられていたが、「陸奥」という名を口にすることは防諜《ぼうちょう》上好ましくないという理由で、「扶桑」では「第二十四分隊」と呼称されるようになった。かれらは、死体収容と焼骨作業に従事するだけで、その作業中も絶えずきびしい監視を受けていた。

「陸奥」の負傷者にも厳重な処置がとられた。かれらは、応急手当を受けた後、呉海軍病院へ柱島泊地在泊の駆逐艦二隻によって運ばれた。

その一隻である駆逐艦「若月」の機関長付小池利一氏（当時少尉）の回想を、私は次のようにメモした。

昼食後、士官室デ休憩シテイルト、ドロドロットイウ音ガキコエタ。十分程シテ、見張リ員ガ艦橋カラ駈《か》ケ下リテキタ。艦長（鈴木保厚中佐）ガ先任士官ニ何カ耳打チシタ。

突然「総員戦闘配置ニツケ」ノブザーガ艦内ニ鳴ッタ。「陸奥」ガ敵機又ハ敵潜水艦ノ襲撃ヲ受ケ轟沈《ごうちん》シタトイウ。

カマノ火ハ、投錨ノタメ落シテイタ。機関長（多田和夫少佐）ト機関室ニトビコミ、緊急焚火《ふんか》ヲ命ジタ。カマハ、早クタケタ。

艦ハ警戒航行デ「陸奥」方向ニ突ッ走ッタ。大キク廻《まわ》リナガラ近ヅクト、ドックデ見ナレタ「陸奥」ノ艦尾ガ水面カラ突キ出テイル。ワーット思ッタ。涙ガ出タ。

駆逐艦「玉波」トノ二隻デ、ソノ周囲ヲ夕方マデ廻リツヅケタ。敵機ニヨル雷撃デハナク、敵潜水艦ノ襲撃ダト思ッタ。

沈没地点を中心に両艦が廻りつづけたのは、敵潜水艦を発見し撃沈しようとしたのである。駆逐艦が、なにかを敵潜水艦の潜望鏡と誤認して爆雷を大量に投下したという話がつたわっているが、小池氏の記憶によるとそのような事実はなかったという。

やがて敵潜水艦による雷撃の危険もうすらぎ、日没の迫った頃、「若月」は、「扶桑」と「竜田」に接舷《せつげん》を命ぜられ、両艦に収容されていた「陸奥」乗員の准《じゅん》士官以上の負傷者を移乗させた。

負傷者は三十名ほどで、全身を繃帯《ほうたい》に包まれた重傷者ばかりであった。

小池氏は、一カ月ほど前まで「陸奥」乗組であったので、航海長沖原秀也中佐、工作長吉野久七少佐、甲板士官小針計生中尉らの姿を見出《みいだ》した。沖原中佐は呻《うめ》き声をあげていたが、吉野少佐、小針中尉は意識不明で、他の傷者とともに「若月」の上甲板に横たえられた。

「若月」は呉へ急ぎ、呉港口でひそかに待機していた船に負傷者を引き渡した。

小池氏は、その折、闇《やみ》の中に浮ぶ負傷者たちの繃帯の仄白《ほのじろ》い色を今でも記憶していると言うが、夜間を利用したのも負傷者の存在をさとられぬ配慮からだったのだろう。

「若月」は、そのまま付近の麗女《うるめ》島錨地に投錨したが、機密秘匿のため乗組員は上陸禁止となった。また艦長から全乗組員に対して、「『陸奥』ニ関スルコトハ、軍機トシテ一切口外スベカラズ」という厳命が発せられ、郵便物の発送も中止された。

他の負傷者は、駆逐艦「玉波」等によって呉へ運ばれたが、かれらに対する処置も徹底したものであった。その負傷者の一人である飯田繁氏（当時二機曹《そう》）は、傾斜した艦から海中に落下して、左足に裂傷を負い、収容された直後応急手当を受けたが、その部分を縫合されたためガスエソにかかり、結局左大腿部《だいたいぶ》から切断手術を受けた。

氏の話によると、負傷者は呉海軍病院の隔離病棟に収容され、外部との接触を遮断《しゃだん》された。また負傷者に接する看護兵、看護婦もごく少数の者にかぎられ、かれらも病棟外に出ることを禁止された。

さらに機密保持の完全を期して、負傷者たちはひそかに内火艇に乗せられて呉港外の海軍のみで使用している三ツ子島の隔離病棟に移され、そこで約二カ月間軟禁状態におかれた。そして、その後、再び呉海軍病院に移され、治療を受けてから各地の海軍病院に散らされた。むろんかれらには、「陸奥」に関することを口外せぬよう厳しい命令があたえられていた。

一般人に対する処置としては、「陸奥」爆沈時に、近くで漁をしていた一隻の漁船がいたことが確認された。泊地一帯は海底も平坦《へいたん》で漁獲も少く、そのため漁船は一隻しかいなかったのだが、哨戒艇《しょうかいてい》はその漁師をとらえ連行した。

漁師は、濃霧の中で大爆発音をきき黒煙を眼にしただけだと述べたが、大事をとって付近の島に軟禁した。海軍では、その漁師に酒食を提供し金銭まで支給した。漁師は、いぶかしみながらもその思いがけぬ好遇を喜んでいた。

この漁師に関する話を、私は何人かの人からきいた。

しかし、「陸奥」乗組であった中村乾一氏（当時海軍大尉）の所蔵しているメモによると、目撃した漁師はそのほかに十名いたらしい。

爆沈日から一ヵ月たった七月七日、中村大尉は大島の伊保田へ視察に赴いた。そこには呉警備隊小隊長森下政吉兵曹長以下十一名の警備隊員が、漂着物の収容・焼却と一般住民の監視のため駐屯していた。

中村大尉は森下兵曹長から、陸奥爆沈を操業中に目撃した漁師は十一名で、十名は伊保田、一名は由宇《ゆう》の者であったという報告を受けている。森下兵曹長がそれらの漁師を確認していることは、かれらをとらえて訊問《じんもん》したことをしめしているが、おそらくかれらも或る一定期間軟禁状態におかれたのだろう。

……「陸奥」爆沈後、呉鎮守府と第一艦隊司令部は、機密秘匿のためあらゆる努力を傾けたのだ。

四

陸奥爆沈の報を受けた日本海軍中枢部は、初め敵潜水艦による雷撃の公算大という柱島泊地からの報に緊張したが、やがてその疑いも薄らぐと新たな不安におそわれた。「陸奥」の爆沈は火薬庫の爆発によるものか、また戦時下でもあるので敵の新兵器による奇襲か、敵諜報《ちょうほう》機関による謀略か。いずれにしても、一刻も早くその原因を解明する必要があった。

海軍省は、海軍艦政本部に対し至急に事故原因を調査するよう命じた。

艦政本部長杉山六蔵《ろくぞう》中将は、第四部長（造船担当）江崎岩吉技術少将と連絡をとった後、第一部長清水文雄技術少将を招いて協議した。第一部は砲熕《ほうこう》兵器、火薬、光学兵器、甲鈑《こうはん》を担当する部門で、清水は、同部の火薬、弾丸、化学兵器を専門担当している第二課にその調査を委任することを決意した。

清水部長は、海軍大佐磯恵第二課長を部長室へ呼び、

「これからすぐに呉鎮守府へ行け。フネが沈んだ。詳しいことは呉できくように……。なお、この件は一切口外するな」

と言って、用意しておいた旅費を渡した。

磯大佐は帰宅すると、家人には呉へ出張することのみを口にし旅装をととのえ、あわただしく下り列車に乗りこんだ。

翌六月九日夕方、呉へついた磯大佐は、呉鎮守府に赴き、初めて司令長官高橋伊望中将から「陸奥」沈没を知らされ愕然《がくぜん》とした。

高橋長官から長官艇が提供され、翌朝、磯大佐は爆沈海面に急いだ。そして、「陸

奥」の生存者たちや「扶桑」乗組の者たちから爆沈時の情況をきき、沈没位置も視察した。

その結果、磯は、第三砲塔又は第四砲塔火薬庫内の無煙火薬（主砲用装薬・公称九三式一号火薬）の爆発と推定、呉にもどって再び急行列車に乗ると、翌十一日に艦政本部に出部、清水第一部長に視察結果を報告した。しかし、「陸奥」爆沈原因についてはすでに艦政本部をはじめ海軍中枢《ちゅうすう》部の間に決定的な意見が支配していた。それは無煙火薬の爆発ではなく、艦に大量に搭載していた三式弾の発火によるものであるというのだ。

三式弾は、四〇センチ、三六センチ主砲をもつ戦艦と、巡洋艦に、一砲につき二十発から三十発の割合で搭載されていた。その威力はすさまじいものがあって、各艦からの三式弾搭載の要望はきわめて強く、艦政本部第一部第二課ではその生産指導に繁忙をきわめていた。

しかし、三式弾は開発されて間もなく太平洋戦争をむかえたため、安定性をテストするのに十分な余裕はなく、その搭載をあやぶむ声も一部にはあった。その上、三式弾中にふくまれる焼夷剤《しょういざい》を作っている相模《さがみ》海軍工廠《こうしょう》で焼夷剤の発火による火災がおこり、十数名の工員が死亡する事故などもあって、三式弾の安定性に不信感をいだく者も多かった。そうした三式弾の安定度に対する疑惑が、「陸奥」の爆沈とたちまち結びついたのだ。

爆沈原因は三式弾の自然発火だという、専門家たちのほとんど断定的とも思える判定が下されたことは、日本海軍を一種の恐慌状態におとし入れた。日本の主力艦にはすべて三式弾が搭載されていて、専門家たちの判定が正しければ、それらの艦も「陸奥」と同じような爆沈事故をおこす危険にさらされていることになる。それは、日本海軍にとって一刻の猶予《ゆうよ》も許されぬ憂慮すべき事態であった。

海軍省は、海軍大臣にその旨《むね》を緊急報告し、陸奥爆沈の翌日には早くも三式弾を搭載している全艦艇に対して、至急三式弾を陸揚げせよという大臣命令を発した。

その命令は太平洋全域に伝えられ、各艦は、いぶかしみながらもあわただしく三式弾の揚陸につとめた。また同時に、増産に追われていた三式弾の製造も、同じように海軍大臣命令によって中止された。

艦政本部第一部第二課長磯恵大佐の立場は失われた。三式弾を直接開発したのは同課課員の安井保門中佐であり、磯課長はその熱心な支持者であり綜合《そうごう》企画者でもあった。三式弾が、兵器として危険度が高くしかも陸奥爆沈の原因であるとすれば、その新兵器採用を申請し許可を得た第二課は重大な過ちをおかしたことになり、第一部長清水技術少将も同じ責を負わねばならなくなる。

しかし、磯大佐は、陸奥爆沈が三式弾の自然発火によるものという推定を認める気にはなれず、

「私には、どうしても三式弾の発火によるものとは思えません。第一、弾丸に火がつくわけがありません」

と、清水部長に強い語調で言った。

清水は、沈痛な表情でしばらく口をつぐんでいたが、

「私も君と同意見だ。君は爆沈現場を視察してきたのだから、ともかく艦政本部長のもとへ行って報告しよう」

と言って、杉山本部長室へ行った。磯大佐は、視察結果の報告をしてから三式弾の安定性に対する確信を述べ、三式弾を揚陸する必要のないことを力説した。

杉山本部長は、

「君がそれほどまでに言うなら、海軍省へ行こう。大臣にも、今、君が言ったと同じように確信をもって話せるな」

と、念を押した。

磯大佐は、うなずいた。

かれらは連れ立って海軍省へ急ぎ、海軍次官沢本頼雄中将の部屋へ赴いた。

磯大佐は、無煙火薬の発火と推定される理由をあげ、三式弾の再搭載を強く進言した。

沢本次官は話をきくと、隣室の大臣室に入り、嶋田繁太郎海軍大将と話し合った。

しばらくして部屋にもどってきた沢本は、

「大臣の言われるには、いったん出した大臣命令をすぐに撤回するわけにもいかない。三式弾が爆発の原因かどうかはっきりした結論が出たわけでもないし、もう少し様子をみたらどうかと言われる。私も、大臣と全く同意見だ」

と、答えた。

その回答は理にかなっているので、杉山本部長たちはやむなく海軍省を辞した。

「それからですよ、私たち第二課の者たちは冷たい眼で見られましてね。つまり被告の立場です。清水部長も暗い表情をしておられました。全くあの一時期は辛《つら》い毎日でした」

磯氏は、当時を思い出すように笑った。

磯氏は、或る会社の役員をしておられてその応接室でお目にかかったが、同じ艦政本部第一部第二課に所属していた三井再男氏（当時中佐）も同席してくださった。

三井氏は、三式弾には関係のない火薬専門担当であったが、磯氏は執拗《しつよう》に陸奥爆沈の原因は三式弾ではなく火薬だと主張していたので、

「三井君、君の方こそ被告だ」

と、言っていたという。

「全くあの時は困りましたね。それにしても、一番困ったのは安井さんでしょう。あの方は罪人に近い立場に立たされて冷たい眼でみられていましたからね」

三井氏の言葉に、磯氏は何度もうなずいていた。

私は、あらかじめ磯氏から安井保門氏にぜひ会うようにと言われていた。たまたまその日、安井氏の自宅にうかがう予定になっていたので、磯氏のもとを辞すと、渋谷駅から大森行きのバスに乗って図書館短期大学前という停留所で下りた。

安井氏の家は戦前の文化住宅の作りで、応接間へ入ると、夫人が茶を持って出てきた。夫人は、

「本当にあの時は辛《つろ》うございました。主人は『陸奥』ということは口にしませんでしたが、フネが沈んでその原因が三式弾だと疑惑をもたれているというのです。もしもその通りの結論になったら、おれは腹を切ると申すのです。私も覚悟しまして、あなたが腹を切る時には介錯《かいしゃく》をいたしますと言ったものです」

と、頬《ほお》をゆるめたが、その眼はうるんでいた。

私がノートをひろげると、安井氏は、三式弾の開発されるまでの経過をつつましい口調で説明しはじめた。

太平洋戦争の開始される前年の昭和十五年秋、氏は、神奈川県平塚の海軍火薬廠の構内にあった海軍技術研究所化学研究部に所員として勤務中、呉海軍工廠に出張し工廠砲熕実験部の部長鈴木長蔵大佐と会った。

その折、鈴木大佐は、戦艦の対空装備にふれ、

「戦艦の大口径砲で対空用の特殊砲弾を発射し、敵機を同時に多量撃墜するようなことは不可能だろうか。もしもそのような新兵器が生れれば戦力の増強に役立つはずだが、考案してみてはくれませんか」

と、言った。

安井氏は、その斬新《ざんしん》な着想に興味をもち、海軍技術研究所にもどると、所員の平塚喜造造兵中佐に鈴木大佐の言をつたえた。平塚中佐もその提案に異常な関心をもったらしく、安井氏がその直後艦政本部第一部第二課に転属すると間もなく、新型対空弾の構造をえがいた図面を手に訪れてきた。それが、三式弾の基本型となった。

安井中佐は、平塚中佐とともに案をねって具体化につとめ、長さ一四センチの小型

対空弾を試作し、神奈川県辻堂の海岸にある海軍演習場で実験してみた。放出火薬は少量だったので、試作弾は垂直に一〇メートルほど上昇したにとどまったが、結果はきわめて有望で平塚、安井両中佐は互いに成功を喜び合った。

自信を得た安井中佐は、その新式弾を艦政本部と呉海軍工廠に持ちこみ、呉海軍工廠砲熕部の野村元治造兵中佐の手によってさらに細部にわたる検討が重ねられ、ようやく新式対空榴散弾《りゅうさんだん》が完成した。

安井中佐は、当時の上司であった艦政本部第一部長松木益吉中将、第二課長村上房三大佐に新砲弾について詳細に説明し、呉港外の倉橋島にある亀ヶ首海軍実験場で正式試射実験の許可を得た。

実験担当者には、着想者である鈴木長蔵少将（大佐より昇進）が当り、安井中佐をはじめ平塚、野村両中佐も立ち会った。実験は、新砲弾の機密がもれることを恐れて夜間をえらんでおこなわれた。

その新式弾（三式弾）は、砲弾の内部に焼夷剤をつめた直径二〇ミリ、長さ一〇〇ミリの鉄パイプ九百個を段状に並べたもので、発射後或る一定距離に達すると猟銃の散弾のように二〇ミリ焼夷弾が散開する仕掛けになっていた。そして敵機群にその三式弾が発射されれば、たちまち傘《かさ》状にひろがった焼夷弾の群れにつつまれ、一度に大量の敵機を撃墜することが出来るはずだった。

　安井氏は、上のような三式弾の構造図(1)と、その中に納められた焼夷弾(2)を描いてくれた。

また安井氏は、三式弾の発射後の動きについても図解してくれた。

　三式弾が発射された後定められた距離に到達すると、その先端にある時限信管が自動的に作動する。それは伝火薬を伝って焼夷弾に点火、同時に放出火薬にも点火して上部の弾帽の部分を吹きとばす。その瞬間、内部におさめられていたおびただしい焼夷弾は蝗《いなご》の群れのように飛び出し、一五度の角度で散開し突き進む。目標地点では、その傘の大きさは直径五〇〇メートルから七〇〇メートルにまで及ぶ。

(1)

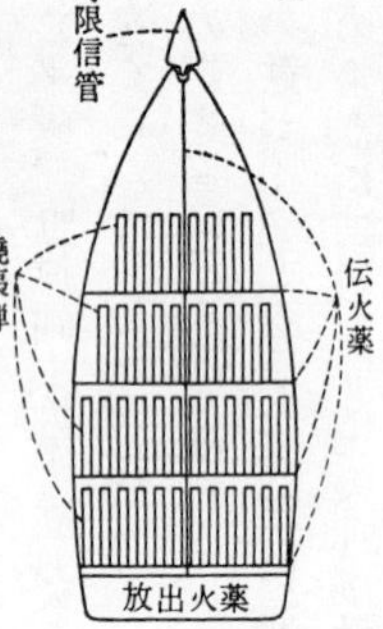

(2) 焼夷弾

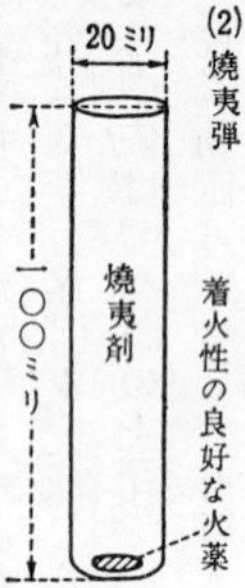

　亀ヶ首実験場で試射されたのは三六センチ砲用三式弾計六発で、時限信管作動後飛び出した九百個の焼夷弾は二、五〇〇メートルから三、〇〇〇メートルの距離にまで

達した。

「実にきれいな光景でした」

と、安井氏は言った。

焼夷弾の散開がはじまると、傘状の紅色の火が壮大な花火のように夜空を彩《いろど》った。三日間にわたっておこなわれた試射実験は、きわめて満足すべきもので、その成功は艦政本部に報告された。その後三式弾は、改良に改良を重ねられ、昭和十六年五月に完成した。

安井中佐は、三式弾を新兵器として採用してもらうため、軍令部、海軍省軍務局の会議にも出席して実験結果等を報告し、海軍大臣決裁による正式採用許可を得た。

安井中佐は、三式弾の主務者としてその後四〇センチ砲用（焼夷弾一、二〇〇個包含）、二〇センチ砲用（焼夷弾二〇〇個包含）、一四センチ砲用（焼夷弾三〇個包含）、一二・七センチ砲用（焼夷弾一四個包含）につづいて四六センチ砲用の各種三式弾をそれぞれ試作、大量生産を積極的にすすめ

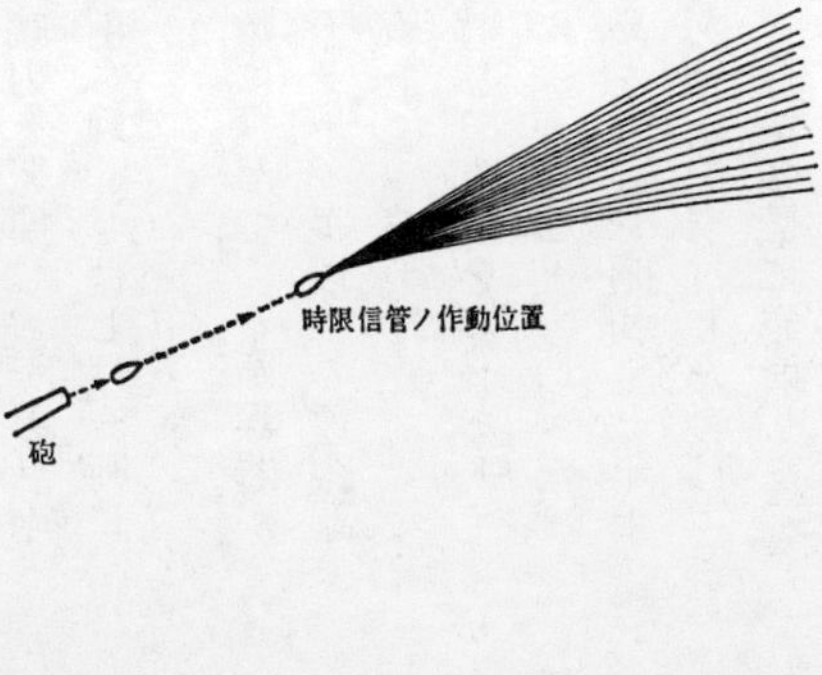

て各艦へ搭載させた。

この三式弾は、太平洋戦争が開始されると同時にたちまち威力を発揮し、一万五千メートルから二万五千メートルの位置に近づく敵機編隊に発射され、しばしば一時に数機を撃墜した。

アメリカ、イギリスの飛行士たちは、火の玉状のものが無数に飛んでくる新兵器が出現したと恐れ、攻撃態勢に入る位置を三式弾のとどかぬ四万メートル以上の遠距離に変えて展開するようになり、大量撃墜を避けることにつとめた。

三式弾についてはアメリカ側でも戦慄《せんりつ》すべき兵器として報道し、それを知ったドイツの要請で、三式弾の実物と設計図を潜水艦に載せてドイツに送ったこともあった。

また三式弾は、地上攻撃にも応用された。最も効果をおさめたのは、昭和十七年十月十三日夜におこなわれたガダルカナル島飛行場への砲撃であった。参加したのは、第三戦隊の戦艦「金剛」と「榛名」で、ルンガ沖に侵入、三式弾を多量に発射した。たちまち飛行場は大火炎につつまれ、到《いた》る所で爆発が起り、当分の間使用不能の大打撃をあたえた。

そうした著しい効果が伝えられたため、各艦は競って三式弾搭載を強く要望し、艦政本部第一部第二課も生産と供給に多忙な日々を送っていた。そんな折に、突然「陸奥」の爆沈事故が発生したのだ。

爆沈日の昭和十八年六月八日、安井保門中佐は佐世保工廠に出張していて十日朝夜行で帰京した。

「艦政本部にそのまま出たのですが、第二課の部屋に入ると、空気が妙なのです。課員は顔をこわばらせて口もきかないし、私から眼をそらせる。なにかあったなと思いました。ようやく三井再男中佐が、『陸奥』の爆沈とその原因が三式弾の自然発火だと疑われ、そのため海軍大臣命令で全艦艇に対し三式弾の揚陸命令が出されたと教えてくれました。私は、そんなことはないと思いましたが、背筋の凍るような驚きを感じました」

と、安井氏は、当時を回想しながら顔をこわばらせた。

しばらくすると第一部長清水技術少将から呼び出しがあって、安井中佐は部長室へ行った。清水部長は、困惑しきった表情で、

「三式弾の実験結果を記載してある書類を持ってくるように……」

と、言った。三式弾の安定性に疑惑をもった海軍は、本格的な再検討をはじめたのだ。

その後、安井中佐は萎縮《いしゅく》したような日々を送った。「陸奥」爆沈原因を究明する査

問委員会にも出頭を命じられて訊問《じんもん》を受け、呉にも赴いたが実験に立会うことは禁じられ、半ば軟禁状態に置かれた。

安井中佐は三式弾の発火によるものではないと信じていたが、もしも原因が三式弾であると査定された場合は、その責任を負って自殺を決意していた。

「陸奥」の爆沈原因を調査し、責任の所在をさぐるための査問委員会は、爆沈日の六月八日に早くも編成された。その爆沈は最高機密の軍機に属するものなので、査問委員会はM査問委員会と称された。

私は、この査問委員会の動きを知る上で、当時記録された査問委員会報告書をぜひ入手したいと思った。が、軍艦研究家福井静夫氏も防衛庁戦史室の海軍史編纂《へんさん》官小山健二氏も、「陸奥」爆沈事故に関する査問委員会の記録は残されていないはずだと、ほとんど断定的に言った。

しかし、私は諦《あきら》めることができず、報告書の入手に努めた。

M査問委員会の報告書は、委員会で作成された後、「陸奥」の所属する横須賀鎮守府司令長官、海軍省軍務局長を経て海軍大臣へ提出され、その後海軍省軍務局と法務局によって保管されたはずであった。

私は、まずその当時法務局長であった島田清氏（当時法務少将）に電話をかけてみた。すると、島田氏は、

「たしかに法務局には査問委員会報告書が保管されていて、私も読んだ記憶がありま す。まちがいなく終戦時にも残っていたし、戦後それは法務省へ移管したはずです。はっきりしたことは、法務中佐であった中島武雄君が知っていますよ。中島君が、終戦時に書類の処置を担当したのですから……」

と、言った。

私は、早速中島武雄氏の家に電話した。が、氏は某病院に入院中で、一週間後でなければ退院しないという。私は電話をきると、島田法務局長の口にした「法務省へ移管したはず」という言葉をたよりに法務省を当ることにした。

幸い当時法務官であった長井澄氏（終戦時法務大尉）が、保管されていると思われる法務省法制調査室に問い合わせて下さったが、法務省では保管していないという返事であった。

私の望みは、入院中の中島武雄氏からその所在をきくだけとなった。その後退院した中島氏と連絡をとることができたが、期待は裏切られてM査問委員会報告書については全く記憶がないという。しかし、氏は、「もしかしたら……」と言って、軍務局

長であった高田利種《としたね》氏にきいてみるようにと指示してくれた。

私は、早速高田氏の御自宅に電話を入れたが、氏もその所在は知らなかった。

M査問委員会報告書を眼にしたいという願いは、完全にうちくだかれた。最高機密の軍機に属する書類であり、連合軍側に押収《おうしゅう》されることを恐れて焼却されたと考えるのが常識だろう。それを入手しようと思うことの方が無理にちがいなかった。しかし、陸奥爆沈という事実を正確につかみたいと念願した私は、徒労に終るとは予想しながらも一応の努力はしてみなければ気持がおさまらなかったのだ。

報告書を発見できなかったことは残念だったが、本質的にはさして重要なことではなかったのかも知れない。幾人かの人々はその当時の日記を私に見せてくれたし、爆沈時に爆発個所の近くにいた当直将校石隈辰彦大尉が査問委員会に提出した事実報告書の内容を閲覧させてくれた人もいた。

私は歩き、多くの人に会った。ノートは二冊、三冊と増していった。調査は石を一つずつ積み上げてピラミッドを築くようなもどかしい作業ではあったが、爆沈事故の全貌《ぜんぼう》は徐々にその姿をあらわしはじめた。

M査問委員会報告書を入手できなかった欠陥はむろんあった。その一つに査問委員の構成がある。

私の調べたかぎりでは、査問委員は九名だった。故人となった方を除いて全員にお目にかかり、その都度他の委員の名をたずねてようやくつかむことのできた人数である。九名だけであったかもわからないし、それ以外に委員に指名された人がいるかも知れない。漠然《ばくぜん》とした推定では、これ以外に二名か三名いたのではないかとも思っている。

私の確認したM査問委員会委員には、左のような人々が任命されている。

委員長　軍事参議官海軍大将　塩沢幸一
委員　軍令部第三課海軍中佐　岩城繁
海軍省軍務局海軍中佐　南六右衛門
海軍省法務局海軍法務中佐　飯田信一
艦政本部第一部海軍技術少将　千藤三千造
艦政本部第一部海軍中佐　岩島二三
艦政本部第四部海軍技術大佐　牧野茂
呉海軍工廠火工部海軍技術大佐　戸塚武比古
呉海軍工廠造船部海軍技術中佐　大薗大輔

ったが、「陸奥」は日本の代表的戦艦であり、その爆発沈没事故に関する査問委員会であったことからも、委員には各部門の重要な人材が選ばれている。牧野茂技術大佐は、世界最大の戦艦「大和」「武蔵」の設計主任であり、大薗技術中佐は造艦設計の逸材であった。また千藤三千造技術少将は海軍火薬の最高権威者で、岩島二三海軍中佐は砲熕《ほうこう》、戸塚武比古技術大佐は弾薬のそれぞれ専門家として参加したのである。

陸奥爆沈の日の午後に指名された委員は、その日の夕方に早くも海軍省の一室で東京在住の委員のみによる打合わせ会をひらいた。

委員の一人である戸塚武比古技術大佐は呉にいたが、呉海軍工廠長渋谷隆太郎中将から、

「東京の海軍省軍務局に至急出頭せよ。事情は軍務局できくように……」

という命令を受けた。

戸塚大佐は、夜行で翌朝東京に到着、「陸奥」が爆沈したことと査問委員に任命されたことを知った。

委員の集合は終り、午前中に飛行機で呉へ向うことに決定した。風雨がはげしく飛行機で行くことは危ぶまれたが、急を要することなので車に分乗して雨の中を木更津《きさらづ》

機は、暴風雨の中を低空で飛びつづけたが、動揺が甚《はなは》だしく墜落の危険も予想され、豊橋航空隊の飛行場に不時着した。気象状況の好転する気配はなく、やむを得ず塩沢大将の副官が豊橋駅で切符の手配をして、ようやく翌六月十日朝、委員全員が呉に到着した。

委員たちは、休憩する間もなく呉水交社の会議室で打合わせをすませた後、呉鎮守府の長官艇で柱島へ急行し、「扶桑」に乗艦した。「陸奥」の所属する第一艦隊司令長官清水光美中将、参謀長高柳儀八少将は、沈痛な表情で査問委員長塩沢幸一大将に挨《あい》拶《さつ》した。

……柱島泊地には、査問委員の到着によって一層異常な緊迫感がはりつめた。

委員は、小艇に乗って爆沈海面を視察後、「陸奥」生存者から話をきくなど情報蒐《しゅう》集《しゅう》にあたった。委員たちに課せられた第一の仕事は、爆沈が敵機または敵潜水艦の攻撃によるものかどうかを判定することであった。

敵機による攻撃という点については、簡単に結論が出た。瀬戸内海、殊《こと》に柱島泊地を中心とした要所要所には対空監視所が設けられているが、機影も爆音も確認したという報告はない。また「陸奥」投錨《とうびょう》地点は水深四〇メートルの浅さで、魚雷攻撃をおこなっても投下された魚雷が海底に接触して自爆する可能性が高く、それらの点を考えた結果、敵機による攻撃という疑いは完全に消えた。

次に敵潜水艦による雷撃の可能性について討論が重ねられたが、その疑いも薄らいだ。豊後《ぶんご》水道から潜入したということも考えられなくはないが、監視所も多くその公算はきわめて低い。「陸奥」乗組の生存者たちの話を綜合《そうごう》しても、魚雷の航跡を見た者はなく、さらに舷側《げんそく》に魚雷の命中した折に起る水柱も上らなかったこともあきらかになって、敵機又は敵潜水艦の雷撃によるものとは考えられなくなった。

しかし、そうした判断は下したが、爆沈の原因をつかむきめ手というものはなにもない。委員会にとってそれを究明するには、沈没した「陸奥」の船体を調査することが絶対に必要であった。それには、潜水作業によって破壊状況をしらべねばならなかったが、すでに作業は、前日の六月九日(爆沈日の翌日)から、呉海軍工廠の造船部員の指揮する救難隊によって積極的にすすめられていた。

五

「陸奥」の爆沈事故は、その日、呉鎮守府長官から呉海軍工廠《こうしょう》長渋谷隆太郎中将に伝えられ、渋谷は造船部長福田烈《ただし》技術少将に現地視察を命じた。

福田部長は、同部設計係主任大薗大輔技術中佐に、

「陸奥の図面を持ってくるように」

と、命じ、大薗中佐が図面を手に部長室へ行くと、

「『陸奥』が爆沈した。これからすぐに現場へ行こう」

と、顔をひきつらせて言った。

大薗中佐は、福田部長とすぐに造船部を出た。その時のことを大薗氏は、

「私たち二人が無言で出て行ったので、部員たちはなにか重大なことが起ったと思ったようです」

と、私に語った。

福田少将と大薗中佐は、工廠のランチに乗って現場へ急いだ。沈没海面一帯には重油が多量に流れ、わずかに逆立ちした「陸奥」の艦尾が海面から突き出ているだけだった。

福田は、大薗とともに「長門」におかれた第一艦隊司令部に赴き、詳細な爆沈時の状況をきいた。そして帰廠後、中央とも連絡をとった結果、呉海軍工廠は潜水作業によって沈没した「陸奥」の船体調査を担当、工廠造船部から救難隊を派遣することに

決定した。

造船部の動きについては、同部部員であった福井静夫氏が正確に記憶しておられた。福井氏の手もとにある昭和十八年六月初旬の勤務録によると、

昭和十八年

六月五日（土）……聯合《れんごう》艦隊司令長官山本五十六元帥《げんすい》国葬日。一〇・四五（午前十時四十五分）ヨリ葬儀。総員東京ニ向ッテ黙禱《もくとう》。一二・五〇ヨリ工廠会議室ニテ八戦隊工事打合

六月六日（日）……休日

六月八日（火）……大詔奉戴日《たいしょうほうたいび》（この日正午過ぎ、「陸奥」は爆沈したのである）

さらに氏の勤務録によると、五月二十七日（海軍記念日）に、呉海軍工廠第四ドックに小部分の修理と牡蠣《かき》落しのため入渠《にゅうきょ》中の「陸奥」を見学したとあり、その後「長門」と入れ代りに出渠したことも記されている。氏は、「陸奥」の呉軍港出港日に交通船で艦のまわりを一巡したが、吃水《きっすい》が深く沈んでいるのを見た。つまり、出渠した「陸奥」は、臨戦態勢に十分な弾薬、燃料、食糧等を満載していたのである。

福井氏の属していた呉海軍工廠は、日本海軍最大の工廠であり、機密保持の厚い壁にとざされた巨大な密室でもあった。廠内に入る者は、通門証、マーク、腕章を必要とし、工廠内にはさらに塀《へい》があって、門では身分確認があらためておこなわれる。守衛数百名と衛兵によって、厳重な監視の眼が配られていた。

呉海軍工廠造船部
設計部員室図

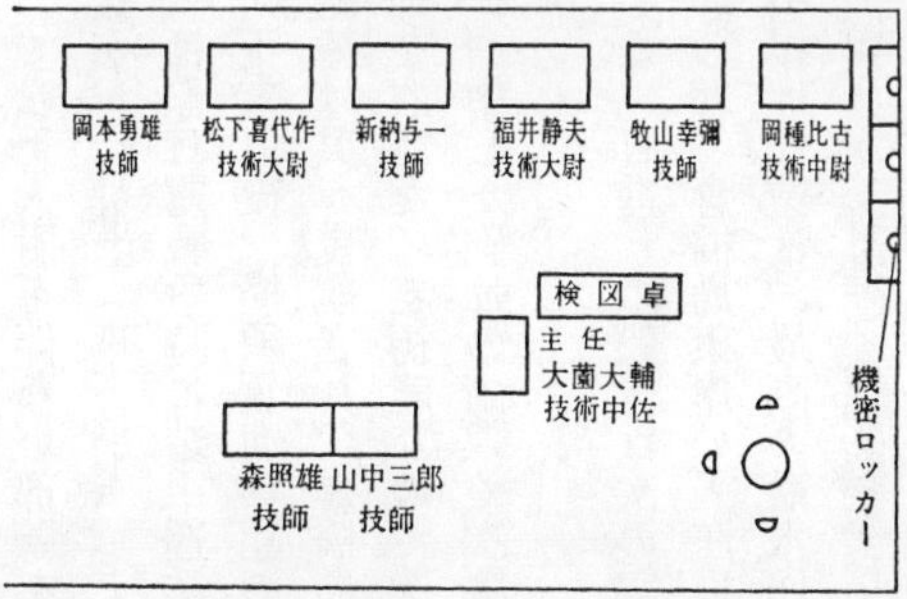

造船部の設計係は、部庁舎の二、三階を使用していたが、救難隊組織の中心となったのは二階の設計部員室で、そこには上図のような人員が配置されていた。

陸奥爆沈の翌六月九日朝、七時十分からはじまった廠内体操を終え部員室にもどってきた松下喜代作技術大尉《だいい》は、

「松下君、部長室へ一緒に来てくれ」

と、設計主任大薗技術中佐から声をかけられた。さらに大薗は、

「大倉君、『日進』の救難用記録を部長室へとどけてくれ」

と言って松下大尉を伴ない部屋を出て行った。そしてそれを追うように庶務班長の大倉工長が、「日進」(排水量七、七五〇トン)を引揚げた折の記録を部長室へ運んだ。

「日進」は、日露戦争時に装甲巡洋艦として第一艦隊の副旗艦であったが、艦齢も経たので大正末以後、横須賀海兵団の練習艦として使用され、昭和十年四月に廃艦となった。船体は呉へ曳航《えいこう》され、倉橋島の亀ヶ首実験場で「大和」型主砲弾の標的艦となり試射弾を浴びた。老朽艦なので沈没せぬように水線上の装甲鈑に砲弾を命中させていたが、命中した砲弾の衝撃で次第に艦内に海水が浸入し、遂に顚覆《てんぷく》沈没してしまった。

沈没した「日進」の船体は次の実験の支障となるので、呉海軍工廠の潜水員によって引揚げられ、倉橋島東岸の入江にある袋内《たいのうち》に曳航してスクラップ化した。その「日進」の引揚げ作業は、最高の潜水作業技術を駆使したものとして高く評価された。

福井大尉は、「日進」の記録がはこばれたことから察して、なにか呉近くで海難事故が起きたなと思った。

一時間ほどして大薗主任と松下大尉がもどってきた。大薗主任は無表情な顔で仕事をはじめ、松下大尉も机の前に坐《すわ》ったが、福井大尉に、

「誠にすまんが、このメモに書いてあるものを家から持ってきてくれないか。急に出張することになったから……」

と言ってメモをさし出した。

福井大尉が、

「何日ぐらいの出張だ」

ときくと、

「一週間か十日だと思うが、もしかすると長くなるかも知れない」

と、答えた。

福井大尉は、工廠から二キロほどある高台の中腹の松下大尉の家に赴き、結婚して間もない夫人にメモを渡した。夫人は出張先も出張期間も質問せず、下着等の日用品をさし出すと、

「お願いいたします」

と、恐縮したように頭を下げた。

福井大尉が工廠にもどると、松下大尉は、設計の計算員や作業員の手配に走りまわっていた。

松下喜代作技術大尉は、福田烈造船部長から「陸奥」救難隊長に任命されたのだ。

松下大尉は、東京帝国大学工学部船舶工学科を卒業後、海軍に入った技術士官で、潜水艦「伊六十一号」の引揚げ作業にも関係した。「伊六十一号」は、昭和十六年十月壱岐《いき》水道で夜間訓練中、特設砲艦と衝突、水深六五メートルの海底に沈没した。その引揚げ作業は、玉崎坦造船中佐の指揮によってすすめられたが、松下大尉は玉崎の補佐役として作業を成功に導いた。松下大尉が「陸奥」救難隊長に任ぜられたのは、そうした経験が買われたからであった。

救難隊の動きについては、救難隊長の松下氏（故人）が昭和二十三年に書き遺《のこ》した貴重な記録によって詳細を知ることができた。その記録は、当時第二復員局資料課員であった福井静夫氏の要請にこたえて書かれたものだが、その文中に松下隊長の補佐として「船渠工場ヨリ鈴木部員」が選ばれたという記載があった。

私が福井氏に鈴木部員とはだれであるかをたずねると、氏は即座にそれが鈴木伊智男氏（終戦時技術大尉）であり、現在石川島播磨《はりま》重工業株式会社に勤務していると教えてくれた。

私は、鈴木氏の自宅に電話をかけ、翌日石播重工の一室でお目にかかった。

氏は、都会的な感じのするおだやかな眼をした方であった。昭和十六年十二月横浜高等工業学校を卒業して海軍に入り、呉海軍工廠では船渠工場主任関博治技師のもとの唯一《ゆいいつ》の部員で、当時技術少尉であったという。

陸奥爆沈の翌六月九日午前九時頃、鈴木技術少尉は造船部長室に至急くるように言われ、部長室に赴くと、福田部長から、

「救難第一号を発令する。松下部員の補佐としてすぐ出発せよ」

と、命じられた。

艦船救難作業には第一号から第四号まであって、第一号は最大規模のものであった。しかし、救難を必要とする艦船がなんであるのか、現場がどこなのかは告げられなかった。

鈴木少尉は、きわめて機密度の高い救難作業らしいと察して部長室を出た。そして、部室にもどって主任の関技師に造船部長からの命令を報告すると、関は、

「救難第一号か。それなら福永工長を連れてゆくべきだ」

と、言った。

鈴木少尉の所属していた船渠工場はドックを管轄《かんかつ》するもので、船をドックに入れて注排水をするため、当然潜水作業が重要な一部門になっている。関主任も鈴木少尉もその担当指揮者で、潜水員たちは高度な技倆《ぎりょう》を持つ者ばかりであった。

それらの潜水員たちは、船渠工場潜水室に属し、責任者には福永金治郎が配されて

いた。福永は、大正九年呉海軍工廠に入廠して以来、二十三年間潜水作業に打ちこんできた日本屈指の潜水員であった。かれは、四十三歳という年齢的にも充実した潜水員指導者として、工廠工員最高の判任官待遇の工長の位置にもあった。そして、石野天一、船引寛一、山口ミチ夫の三組長を統率し、各組にはそれぞれ二十数名の優秀な潜水員が配置されていた。

そうした強力な呉海軍工廠潜水室は、救難事故が発生する度に出動し、船具工場の技術者や工員たちの協力を得て、多くの引揚げ作業に輝かしい成果をおさめていた。

主な救難作業をあげると、

一、大正十二年、第七十号潜水艦ハ、公試運転中淡路島付近デ沈没シタ。水深五五メートル。手押ポンプ使用ニヨル深海潜水作業デアッタノデ約二十名ノ潜水員ガ潜水病トナリ、内四名ガ死亡。難作業デアッタガ、同潜水艦引揚ゲニ成功シタ。

二、昭和九年三月、水雷艇「友鶴」顚覆。旗艦「竜田」ガ漂流中ノ「友鶴」ヲ発見、顚覆状態ノママ佐世保ニ曳航。呉海軍工廠潜水室員ハ、救難艦「朝日」ニテ佐世保ニ急行、救難作業ニ従事シ、艦内生存者ノ救出ニ成功。

三、昭和十四年二月、潜水艦「伊六十三号」夜間訓練ヲ終エ浮上中、豊後水道デ同

艦ノ艦首ト艦尾ノ灯《ひ》ヲ漁船ノ灯ト錯覚シソノ間ヲ通過ショウトシタ僚艦「伊六十号」ノ激突ニヨッテ沈没。水深ハ実ニ九三メートルデ作業ハ困難ヲキワメタガ、一年後ニ引揚ゲニ成功。潜水作業ノ世界最深記録デアッタ。

その他潜水艦「伊六十一号」をはじめ多くの沈船を手がけ、殊《こと》に昭和十二年から十五年にかけて中国の揚子江《ようすこう》等で無数の大小艦船の引揚げに成功、呉海軍工廠潜水室の評価を一層高めた。また潜水室員が救難作業に出動する折には、同工廠船具工場技手《ぎて》又場常夫が、天才的ともいえる豊かな創意と知識を駆使して福永工長に積極的な助言をあたえていた。

呉市に赴いた私は、北星船舶工業株式会社社長の又場常夫氏に会い、氏の案内で福永金治郎氏をたずねた。

福永氏の家は高台にあって、通された二階の部屋からは段状に家並のひろがる市街が見下ろされ、空は華やかな夕照に染まっていた。

又場氏は頭髪がうすれ、福永氏の頭は白かった。数多くの潜水作業を共にした二人は、互いに老いをいたわるように言葉を交し合っていた。

「陸奥」爆沈当時、又場氏は南方方面の沈船の引揚げ作業に出張していて、「陸奥」

救難作業には関係しなかったので、専《もっぱ》ら福永氏の話が中心になった。

松下技術大尉を長として鈴木技術少尉を補佐役とした「陸奥」救難隊が組織された六月九日、福永工長は鈴木少尉から至急船渠工場事務所へくるように命じられた。

鈴木少尉は、福永工長に、

「一〇〇メートルの長さの潜りホースで、どの位までもぐれるか」

と、質問した。福永は、

「潮流の具合もありますし、深度によっても事情は変りますから、はっきりしたことは申し上げられません」

と、答えた。深い海中にもぐれば、潜水服にとりつけられた潜りホースはそれだけ弧状に曲るし、潮流がはげしければその度合はさらに増す。

鈴木少尉は、

「とりあえず一〇〇メートルの潜りホースも加えて、至急潜水作業の準備をしてくれ。なお、特に優秀な潜水員を集めるように……」

と、命じた。

福永は、潜水室にもどると作業に必要な道具の準備にかかると同時に、呼出し係に命じて、自宅に待機している潜水員の緊急集合を指令した。

工廠では、救難発令にそなえて造船部に救難倉庫を設け、いつでも持ち出せるよう救難具が袋におさめられて格納されていた。袋の中には、軍手、タオル、石鹼《せっけん》、懐中電灯、計算尺、計算用紙、巻尺、折尺、鉛筆、携帯用食糧などをはじめ、一酸化炭素の有無をしらべるためのローソク、マッチの類いまで詰めこまれていた。また造船部設計係の図庫には救難用図と称する各艦の図面一切が箱に入れられていて、箱を携行すれば現場で設計・計算ができるように準備されていた。むろん移動式ポンプ、発電機、潜水服、ホース、ロープ等潜水作業に要する道具類は、絶えず点検され整備されていた。

潜水員たちが続々と工廠に駈《か》けつけ、福永工長以下全員が集合し整列した。

出発した船は、四隻《せき》だった。一五トンの工廠第五十五号艇が、四号艇と潜水作業船二隻を曳《ひ》き、松下隊長以下潜水員たちが四号艇に乗艇した。

四号艇は公称名第一〇一四号曳船で、排水量一五〇トン。昭和十四年二月二十二日東京石川島造船所で完成した一七〇馬力ディーゼルエンジン二基（計三四〇馬力）の最優秀曳船で、船底にホイト・シュナイダー・プロペラが装着され、横に走ることも狭い所で回転することも可能であった。しかも人間を四百名ほど搭乗《とうじょう》させる能力を有していて、作業船であると同時に作業員の宿舎をも兼ねる便宜さがあった。

四隻の船は、正午すぎ呉海軍工廠の岸壁をはなれたが、作業員はむろんのこと鈴木少尉すら、なんの目的をもった出動なのか、また行先がどこなのかも全く知らされていなかった。

船が出発してから一時間ほど経《た》った頃《ころ》、鈴木少尉が、

「いったいこの出動の目的はなんなのですか」

と、松下大尉にたずねた。

松下は、作業員の方に眼を配りながら、「陸奥」が爆沈し、沈んだ船体の潜水調査をするための出動であると告げた。そして、これは最高の軍機に属することなので、現場で作業をはじめれば潜水員たちもそれと察するだろうが、われわれからは何も言わぬようにしたいと言った。

鈴木少尉は、顔を青ざめさせながらも松下の言葉に無言でうなずいた。

柱島泊地に近づくと、海上には次第に浮流する重油が増し、柱島の突き出た砂浜では人の動く姿が見えた。浜で時々火焔《かえん》が上るので、眼をこらしてみると石油をかけて死体らしいものを焼いているのが確認できた。

作業員たちは、異様な情景に口をつぐんでいた。

船が柱島の突堤につき、救難隊員たちは、島におかれた工廠修理所に入った。そこ

で松下隊長は、全員に対し、作業は長期にわたるかも知れぬが工廠員らしく規則正しい生活を送るようにと訓示した。それから松下大尉は、「長門」におかれた第一艦隊司令部に赴いて参謀長高柳儀八少将に着任の報告をし、その後、鈴木少尉や潜水員とともに沈没推定海面に船を進めた。

「陸奥」の艦尾と旗竿《きかん》は、すでに海面下に没していたが、沈没位置には、艦隊側の手で木製のブイがとりつけられていたので、大体の位置はつかむことができた。それに海面の一個所からは重油が泡立《あわだ》つようにしきりと湧《わ》いていて、その下方に「陸奥」が沈んでいることはあきらかだった。

救難作業の第一段階は、艦がどの位置に沈んでいるかを確認することであった。

松下隊長は鈴木少尉と協議の後、気泡《きほう》がしきりに湧き上っている海中に潜水員を入れることにした。

たまたま潮流の最も激しい時刻に当っていて、その上、重油の中への潜水であるので作業には多くの危険が予想された。が、一刻も早く調査に着手したいと願った松下大尉は、思いきって潜水作業の開始を命じた。

初潜水の役をすすんで引き受けたのは、潜水室責任者福永金治郎工長であった。

沈ンデイルノハ、ドンナ船ダカ教エラレテイナカッタ。重油デ、アタリハ暗イ。潜水シテミルト、バカニ大キナ船デ、ソレモ戦艦ラシイ。ナニカニ似テイルト思ッタ。「陸奥」ノヨウニ見エタ。松下サンヤ鈴木サンガ何モ教エテクレヌ意味ガワカッタ。大変ナ仕事ニ取リ組ンダト思ッタ。

私のメモには、福永氏の当時の記憶がこのように書きとめられている。

潜水した福永工長は、後部甲板に下り立つことができた。甲板はほとんど水平で、歩行は可能だった。かれは、艦尾まで歩き、艦尾の旗竿をつかむことができた。そこにロープを結びつけ、先端に木製の浮標《ブイ》をつけて海面に浮上させた。その作業によって「陸奥」の艦尾の位置が確認された。

作業第一日目で、艦尾の位置を知り得たことは大成功だった。つづいてなおも作業を進めようとしたが、日も没したので作業を中止し、松下隊長は「長門」に赴いて第一日目の潜水結果を報告した。

翌日は全員早朝に起きて、宿舎の柱島にある呉海軍工廠修理所を出発すると、沈没海面に到着し潜水作業を開始した。

爆沈現場は、柱島と大島をむすぶ線の中間点にあった。潜水作業をおこなう現場としては、潮流の激しい変化と早さが大きな障害となると予想された。沈没位置が泊地の中央にあるため、潮の流れがよどむ折がなく、しかもその流れの方向は絶え間なく変るのだ。

潮流はむろん遅くなることもあったが、三ノット以上の早さになることがしばしばだった。安全に潜水作業ができるのは一ノット程度までで、それ以上流れが早くなると潜水服にとりつけられた送気ホースが潮に流されて弧状に突っ張り、昇り降りが危険となる。そうした悪条件にみちた現場ではあったが、潜水員たちは、福永工長の指示にしたがって黙々と海中にもぐっていった。

その日は、沈没した船体の概略をさぐることに全力をそそいだ。

幸いにも作業をはじめて間もなく、潜水員の一人が艦橋の横の舷側《げんそく》に下り立つことができた。松下大尉は、その潜水員を再びもぐらせ、ハンドレール伝いに前方へ歩かせた。潜水員は指示通りに進んで、やがて艦首の旗竿をつかむことに成功した。

松下大尉は、浮標をつけたロープをその旗竿にしばりつけさせ、前日の艦尾浮標につづいて艦首位置をしめす浮標を海面に浮び上らせた。

松下大尉と鈴木少尉は、潜水員から沈没している艦の状態をきいた。それによると、船体の前部はほとんどうつぶせになったようにくつがえっているという。またハンドレールに乗組員の遺体がいくつもひっかかっているという報告もあったので、潜水員をもぐらせてそれらをはずさせた。

すると、潮流がはげしいため、思いがけぬ遠い海面に数個の遺体が浮びあがった。松下大尉は、それらを作業船に収容し、死体を捜索している内火艇に移乗させた。

艦は後部で切断されていることが判明したので、その付近にもロープを結びつけて浮標を海面に浮ばせた。つまり艦尾、艦首、切断個所付近の位置をしめす三個の浮標が浮んだのだ。

その浮標は、意外な事実をあきらかにしていた。三個の浮標は、一直線上にはなく、中央の浮標を頂点に約九〇度の角度でまがっている。つまり、船体が切断されて折れ釘《くぎ》のように曲って沈んでいることがあきらかになった。

船体のおおよその位置がわかったので、爆発個所と推定される切断された部分の調査に着手した。そして、潜水員をその部分にもぐらせてみたが、浮上してきた潜水員たちの報告ではさまざまなものが折重なりねじれていて、それらがなんであるのか全く見当もつかないという。

しかし、かれらの報告の中には、貴重な参考資料になると思われるものもふくまれていた。それは爆発個所と推定される切断部付近の外板のほとんどが外側にまくれているという報告だった。外側にまくれているということは、爆発が内部から起った事実をしめす有力な証拠と思われた。

その日、東京から到着したM査問委員会の委員たちが、汽艇で現場へ視察にやってきた。松下大尉は、潜水作業の結果を詳細に報告した。委員たちは、熱心にきいていたが、外板が外側にまくれているという報告には強い関心をしめしたようだった。

翌六月十一日も、作業は早朝からはじめられた。

松下大尉は、鈴木少尉に呉海軍工廠へ行くように命じた。少くなりはじめていた潜水作業船の気蓄器の酸素を補充するためと、二日間にわたる潜水調査の結果を、福田烈造船部長に報告する必要からであった。

その日、松下大尉は、後部船体の潜水調査をつづけさせた。

潜水員たちの報告によると、艦の最後部にある第四番砲塔付近までは異常はないが、そのすぐ前方の部分で船体が切断されている。また第四番砲塔の前方にあるはずの第三番砲塔は、飛散したのか発見することはできないという。さらに他の潜水員たちは、艦の最後部にある運用科倉庫のハッチを除いて、後甲板の天窓のハッチのすべてが閉まったままになっているとも報告してきた。

潜水作業は、翌日も翌々日も早朝から日没までつづけられた。

潜水員は浮上してきて、その度に調査結果を真剣な表情で報告するが、「陸奥」に関する知識が乏しいので要領を得ないことが多かった。そのため鈴木少尉が、潜水服をつけて潜ってみたりしたが、それにも限度があり作業は大きな障害に突き当った。

困惑した松下大尉は、鈴木少尉と協議し、潜水員全員に「長門」を見学させることが最も好ましい方法だという結論に達した。「長門」は「陸奥」の唯一の同型艦で、「長門」を見学させれば、潜水員たちは海中に沈んでいる「陸奥」の諸部分を正確に報告するようになるはずであった。

しかし、「陸奥」の爆沈は軍機に属すもので、潜水員たちにも教えることはできない。「長門」の同型艦といえば「陸奥」以外にないし、「長門」を同型艦として見学させることは、沈んでいる艦が「陸奥」であることを知らせることと同じであった。

しかし、潜水員たちもしばしば潜水して艦型を見ているだけに、沈んでいる艦が「陸奥」であることにはすでに気づいているはずであった。そうしたことも考慮に入れて松下大尉は、潜水員たちの「長門」見学を実施することにした。救難隊に課せられている最大の任務は、正確な潜水調査であり、それを十分果すためには「長門」見学もやむを得ないと判断したのだ。

松下大尉は、第一艦隊司令部高柳参謀長に事情を説明して見学許可を得た。そしてかれは、鈴木少尉とともに、福永工長をはじめ潜水員全員を連れて「長門」に赴いた。

松下大尉は、甲板上に整列した潜水員に、

「沈没している船は、本艦と酷似している。これから見学に移るが、本艦の諸部分の形状及びその置かれている場所をよく見て、頭にたたきこむように……」

と、訓示し、説明を加えながら艦内を見学させた。

この試みは予想通り効を奏して、その日以後、潜水員の報告はいちじるしく正確さを増した。

しかし、深い海底での作業は、潜水員たちの意識を乱しがちだった。かれらは海底で眼にしたことを頭に刻みつけて浮上してくるのだが、浮上した瞬間記憶を失ってしまうことも稀《まれ》ではなかった。

松下大尉と鈴木少尉が執拗《しつよう》に質問をくり返しても、潜水員の記憶はよみがえらない。潜水員は、困惑しきった表情で首をかしげ、眼にしたものを確かめるため再び海中にとびこんでいった。

松下大尉は苛立《いらだ》ち、潜水員たちに板ぎれと木炭をもたせて潜水させ、海底で眼にしたものをスケッチさせたりした。

作業がすすむにつれ、潜水病にかかる者が続出した。潜水病は、深海の激しい水圧によって起るもので、血管の中に窒素分が気泡となって残る。それが脳や神経に障害を起させ、時には潜水員を死に追いやることすらある。

潜水病の症状を起した者の処置は、福永工長に一任されていた。かれは潜水服をつけると、症状を起した潜水員を抱いて海底にもぐってゆく。そして、深い海中から徐々に浅い所へ移動し、潜水員を抱いたまましばらくの間じっとしている。そのうちに血液中の窒素が自然に血管外へ出て、潜水員も恢復《かいふく》するのだ。

作業が開始されてから九日目の六月十七日に、第一艦隊司令長官清水光美中将から、「陸奥」艦長三好輝彦大佐の遺体を捜索収容せよという指令が発せられた。三好艦長は、「陸奥」爆沈時に艦長室に在室していたはずだった。

艦長室は、四番砲塔の左舷後方にあって、そこに到達することはほとんど不可能に近い作業であった。が、福永工長は、自らその作業を買って出て、部下の浜田潜水員とともに艦長室への潜入を決行した。その時の記憶を福永金治郎氏は、私にこんな風に話してくれた。

マズ浜田ガ行ッタ。私ハ、ソノ後ニツヅイタ。艦長室ノ入口ニタドリツイテ、部屋ノ中ヲ見タ。浜田ガ、机ニウツ伏セニナッテイル人ノ体ヲ抱イテイタ。ソレガ、艦長サンダッタ。昼食後休息ヲトッテイタノカ、上衣《うわぎ》ノ襟《えり》ノホックダケガ外レテイタ。服装ハ、乱レテイナカッタ。立派ナ死顔ダ、ト思ッタ。浜田ガ、艦長サンノ体ヲ抱イタママ浮上シテイッタ。

「陸奥」生存者の中村乾一大尉が当時記録した日記によると、三好艦長の遺体が引揚げられた時刻は、午後四時四十五分となっている。艦長の遺体はきれいで、爆発時の衝撃で受けたものらしい傷が後頭部にあり、体の左側の衣服にわずかな焼け焦《こ》げがあった。

艦長の遺体は「扶桑」に運ばれ、同艦軍医長によって検視された。艦長は、爆発時にガスの圧力で即死したらしく、胃に少量の海水がみられるだけであった。その夜、艦長の遺体は、続島で火葬にふされた。

その間、M査問委員会委員は、しばしば潜水作業現場を視察し、詳細な指示をあたえていた。それにもとづいて、救難隊の船体調査はつづけられたが、潜水作業は、しきりに湧出《ゆうしゅつ》する重油にさまたげられ再爆発の危険にもさらされていた。

しかし、松下大尉の指揮する救難隊の努力によって、沈没している「陸奥」の船体の状況は、次第にその全容をあきらかにしていった。

六

柱島泊地に在泊している戦艦「扶桑」艦内におかれた査問委員会は、柱島泊地到着以後、活潑《かつぱつ》な動きをつづけていた。そして、調査を開始してから四日後には、早くも第一回査問委員会が、艦内の一室でひらかれた。

その席には、「陸奥」生存者から得た証言が重要な資料として提出された。査問委員は、生存者全員に書かせた書類を整理し、また直接多くの生存者を招いて訊問《じんもん》してもいた。

爆沈日、「陸奥」の乗員は、午前五時に起床、午前中は訓練をおこなった。爆沈時には、午後一時に予定されている「長門」の旗艦ブイ繫留《けいりゅう》にそなえて、一部の者が他のブイへの移動準備に従事していた。視界は約二、〇〇〇メートルで、時折り濃霧と小雨にさまたげられて視界は閉ざされた。

爆発時の状況については、「陸奥」当直将校石隈辰彦大尉から事実報告書が提出されていた。

石隈大尉は、次頁の図のように副直将校、衛兵伍長《ごちょう》らと後部右舷の舷門近くに立っていた。航海長沖原秀也中佐もブイの移動時刻が近づいたので、指揮をとる必要から甲板上を艦橋方面に歩いていた。

石隈大尉の事実報告書によると、突然シューッという蒸気の噴出するような音がすると同時に、三番砲塔と四番砲塔の間から煙が出てきた。「あっ、何か」と叫んで駈け寄ろうとした瞬間意識を失い、気づいた時には海中にはねとばされていたという。その折、副直将校は即死し、沖原航海長は、大腿骨《だいたいこつ》骨折の重傷を負った。

「陸奥」の舷窓は、大半が閉ざされていた。それは爆発時に霧雨が艦をおおい気温も低かったからで、普通の天候なら舷窓も開けられていたにちがいなかった。

昼食後の休憩時間には多くの乗組員が甲板に出るが、霧雨のためほとんどが部屋に閉じこもっていた。乗組員は舷窓を閉めきった艦内にとどまっていて、突然の爆発に逃げ出すこともできず、全乗員の七五パーセントに相当する者が一瞬の間に死亡したのだ。

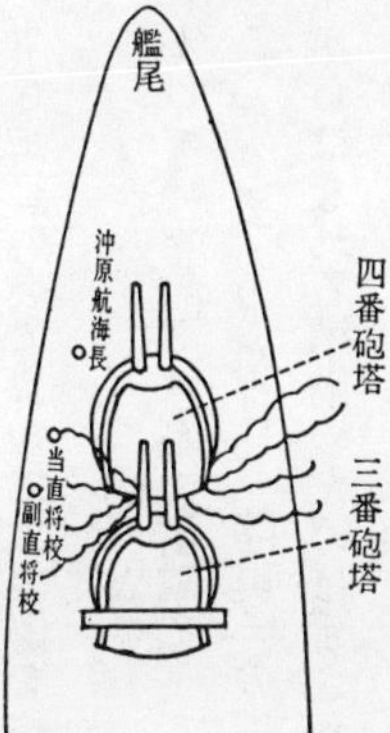

また「扶桑」からは爆煙のみで火柱すら認められなかったが、それは舷窓その他が閉められていたため火炎が噴出せず、艦内を走ったからであった。その証拠には、士官室前の通路を逃げて救出された者全員が、すさまじい炎によって大火傷《おおやけど》を負っていた。

爆沈事故の原因については、ほとんど薄れかけていた敵潜水艦の雷撃によるものではないかという強い意見があらためて提出された。その根拠は、「陸奥」の周囲にはりめぐらされていた水雷防禦網《ぼうぎょもう》が、旗艦ブイからはなれる準備のためはずされていたからであった。

敵潜水艦が、ひっそりと潜航していて、「陸奥」が防禦網をはずす折をねらって魚雷を発射したのではないかというのだ。

しかし、この意見には、多くの反論が出た。或《あ》る委員は、潜水艦が雷撃する折に四、五本の魚雷を発射するはずなのに、その航跡を見た者は一人もいないことをあげた。

魚雷命中の衝撃を感じたという証言はないし、舷側にあがる水柱を眼にした者もいない。第一、火薬庫周囲の防禦の厚い「陸奥」が、魚雷命中程度で爆沈することはない。それらを綜合《そうごう》してみると潜水艦説は不自然で、むしろ内部爆発の可能性が高いというのだ。

この点については、ほとんど決定的とも思われる証拠が提出された。それは、救難隊の潜水調査によってあきらかにされた爆発個所と思われる切断部分の外板が外側にまくれているという事実と、呉海軍病院外科部長瀬屑軍医大佐の内部爆発説を裏づける意見であった。瀬屑大佐は、「陸奥」の負傷者を診断し、足首の部分を骨折している者の多いことに注目した。この現象ははげしい衝撃が下方から突き上げた、つまり艦内から爆発の衝撃が起ったことをしめすものだというのだ。

結局、査問委員会は潜水艦による雷撃説をあらためて否定し、爆発は艦の内部から起ったものであると断定した。

さらに「陸奥」がわずか一、二分の間に爆沈した事実から察して、弾火薬庫の爆発以外には考えられないという結論にも達した。当直将校石隈辰彦大尉をはじめかなりの数の生存者が、三番砲塔または三番砲塔と四番砲塔の間から煙が噴出し、その直後大爆発を起した、と証言していることからも、三番砲塔または四番砲塔の弾火薬庫の爆発によるものと推定した。

査問委員会の調査は、一歩前進した。そして、弾火薬庫の爆発原因の究明に、調査の焦点をしぼった。

火薬庫には、砲弾の発射時に砲身につめる装薬が、弾庫には問題の三式弾がそれぞれ格納されていた。それらの自然発火の可能性を考えて、三式弾と装薬の安定性検査と併行して、どのような場合に発火するかを実験することに決定した。

査問委員会は早速、検査と実験に着手したが、それに伴なって救難隊の潜水作業にもさまざまな指示を与えた。まず査問委員会としては、爆発個所がどこであるかをつかまねばならなかった。

当直将校その他の生存者は、煙が三番砲塔と四番砲塔の間から噴出したと証言しているが、潜水作業に従事する救難隊は、海底に沈んでいる「陸奥」の最後部にある四番砲塔は異状なく発見されたと報告している。その結果、査問委員会は、三番砲塔の下の弾火薬庫の爆発によるものとの疑いを深め、実際に確認するため救難隊に三番砲塔の至急発見を命じた。

指令を受けた松下救難隊長は、潜水員を三番砲塔のあると思われる後部にもぐらせてみた。しかし、その部分は船体の切断された個所で、さまざまなものがねじれ、切り裂かれていて、三番砲塔の所在は全くわからない。しかも深い海底には闇《やみ》がひろがっていて、潜水員は手さぐりで進む以外にはなく、その発見は至難だった。

しかし、そのうちに艦尾部から前方に進んだ潜水員の一人が、斜めに傾いた丸い大きな鉄の壁のようなものに突き当ったと報告してきた。

松下大尉は、潜水員を再びもぐらせてあらためてその形状、寸法をたしかめさせ、さらに「陸奥」の諸部分と照合した結果、それが三番砲塔の下部を支える鋼鉄製のバーベットで、四五度の角度で傾いて沈んでいることを知った。

松下大尉と鈴木少尉の顔に、喜びの色があふれた。砲塔はきわめて堅固で、爆発時のすさまじい破壊力にも堪え、バーベットの上方に必ず固着しているにちがいないと推定された。

松下大尉は、福永工長に命じて潜水員をその部分に集中的にもぐらせ、バーベットの上方を探らせた。すると、浮上してきた潜水員が、その上方に奇妙なものを発見したと報告した。直径五〇センチほどのキラキラ輝く大きな丸い筒で、しかも数が多く帯状に連結しているという。

松下は、不審に思ってその形状と寸法を確認させたところ、意外にも砲塔を旋回させるローラーベアリングであることが判明した。このベアリングは、砲塔旋回部の内部におさめられているのだが、爆発の衝撃でぬけ出し、砲塔旋回部の胴にたすきをかけたように引っかかっていることがあきらかになった。

松下大尉は、その発見に一層力を得て、さらに砲塔旋回部付近を探らせた。

やがて待ちかねた報告がもたらされた。浮上してきた潜水員が、暗い海中に煙突のような太く長い筒状のものが二本突き立っているのを発見したというのだ。

砲身か、と眼を輝かせた松下大尉と鈴木少尉の想像は適中した。その部分に集った潜水員たちは、それが、砲塔旋回部からぬけ出し垂直に突き立っている連装の四〇センチ主砲二門であることを確認した。

この報は、すぐに査問委員会に伝えられ、委員は現場に汽艇を走らせてきた。

潜水調査はさらに入念につづけられ、遂《つい》に三番砲塔の全貌《ぜんぼう》をつかむことができた。松下大尉は、潜水員の報告を整理し、右のような三番砲塔沈下略図を作成した。

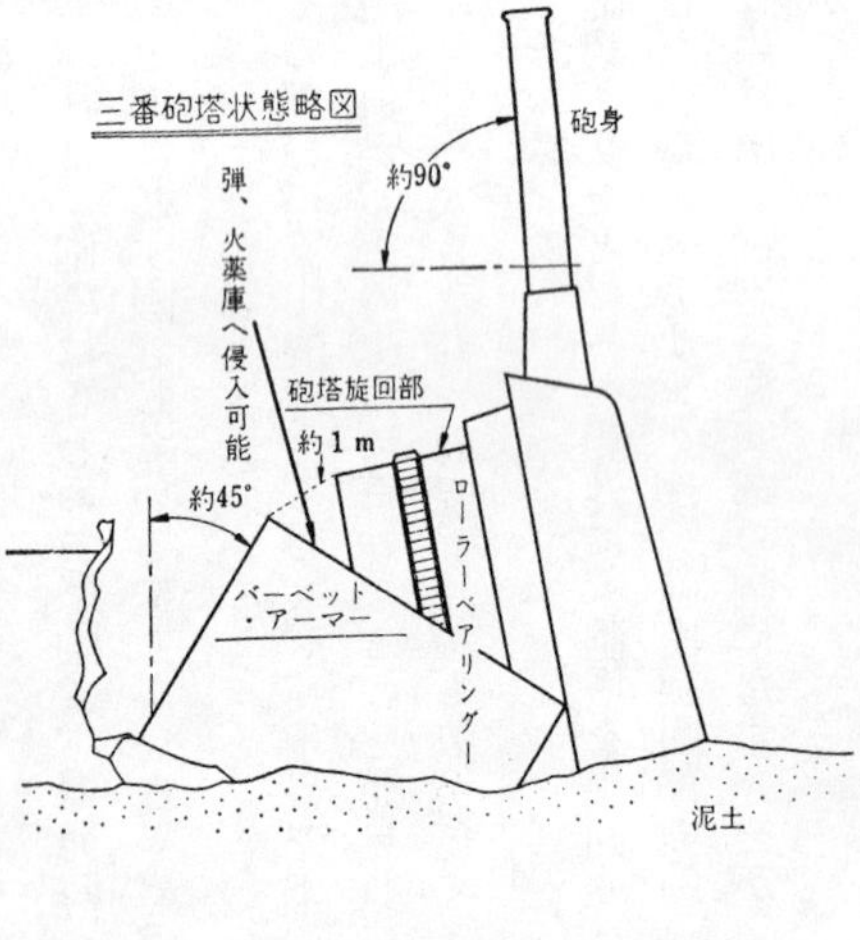

この調査によって、三番砲塔は艦から脱落していることがあきらかになり、査問委員は、爆発個所が三番砲塔の下方にある弾火薬庫であると断定した。

その折、砲熕《ほうこう》担当委員の岩島二三海軍中佐は、念のため砲身の潜水調査を求めた。可能性はうすいが、砲に装填《そうてん》された実弾が砲身の中で暴発したことはなかったかどうかをたしかめようとしたのだ。

もしもそのような不祥事が爆沈の原因になったとしたら、砲身の先端の砲口をとざしている砲口栓《せん》がはねとばされているだろうし、発射時と同じように砲身も後退作用をしているはずであった。

潜水員たちは、再び海中にもぐって調査した。その結果、一方の砲身の砲口栓は砲口にはまっていたが、片方の砲身の砲口栓ははずれていて発見することができなかった。が、暴発時に起る砲身の後退は両砲とも認められず、結局砲身内の実弾の暴発という推定は成り立たず、弾火薬庫の爆発であることがあらためて確認された。

潜水調査は、核心へとふれていった。三番砲塔の弾火薬庫の爆発が爆沈の原因と確定した以上、原因を明らかにするには弾火薬庫の内部を調査しなければならない。

その庫内への侵入口は、比較的容易に発見できた。それは、バーベットと砲塔旋回部の間の幅一メートルほどの間隙《かんげき》であった。

松下大尉は、逡巡《しゅんじゅん》した。弾火薬庫の中には、さまざまな砲弾や火薬が散乱しているにちがいない。庫内はむろん漆黒の闇で、淡いライトをともし、砲弾、火薬類の中を手さぐりで進まねばならない。四〇メートルの深海での作業は、潜水員の意識をかすませ行動を乱すおそれがある。些細《ささい》なことがきっかけとなって、再爆発を起す危険は十分にあった。

しかし、陸奥爆沈の原因が明らかにされずに終れば、日本海軍全体の戦力に重大な影響をあたえ、日本の興亡にもつながる。再爆発を起せば救難隊員は全員即死するが、任務の重大さを考えた松下大尉は、弾火薬庫の潜水調査を決意した。

弾火薬庫の潜水調査が開始された。潜水員たちは、福永工長を先頭に淡々とした表情で潜水服をつけ、海中にもぐっていった。

潜水員は、侵入口に達すると、ライトの灯《ひ》をたよりに内部へ入っていった。予想した通り内部には大きな主砲弾がころがり、発射時に使用される装薬も散乱している。装薬は完全なものもあったし、半分燃えたものや片面が虫に食い荒されたように燃え残ったものもあった。また装薬数百本を納める装薬缶多数も発見できたが、それらは例外なくことごとく押しつぶされていた。

潜水員たちは、装薬をひろい集め、装薬缶をいだいて浮上してきた。たちまち作業艇の上には、それらの揚収物がひろがった。

松下大尉は、査問委員会に弾火薬庫内の状態を報告するとともに、庫内から引揚げられたものを引渡した。査問委員会は、救難隊の作業結果に満足しているようだった。

査問委員会は、委員の岩島二三海軍中佐を実験担当者にえらび、「陸奥」に搭載《とうさい》されていたものと同種の三式弾をはじめ装薬等の実験をつづけていた。

実験場は、呉港外の倉橋島の突端にある亀ヶ首実験場で、呉海軍工廠砲熕実験部弾薬科主任神津幸直少佐や西田亀久夫大尉らが実験に協力した。だが、神津少佐らにも、その実験が「陸奥」爆沈原因の究明であることは知らされなかった。

実験は、あらゆる場合を想定しておこなわれた。鋭敏な時限信管が作動するか否《いな》かを調べるため、三式弾を激しく倒してみたり落下させてみたりした。また温度をどの程度までたかめると三式弾は発火するか、装薬に火を点じた場合、傍《そば》の三式弾にどのような誘爆が起るか、装薬はどのような場合に自然発火するか等、さまざまな実験がこころみられた。

さらに実験の正確を期するため、第三番砲塔の弾火薬庫と同じものを作らせ、その中に実際と同じように砲弾をならべ装薬を格納させ爆発実験もおこなった。

神津氏の説明によると、下図のように土塁にかたくおおわれた部屋に査問委員が入って覗《のぞ》き窓から実験を見、記録をとったという。

救難隊の潜水作業によって「陸奥」から引揚げられた装薬も実験に供され、その火薬成分に自然発火する要因がひそんでいるかどうかも入念に試験された。

このような豊富な実験結果をまとめて、第二回査問委員会は、呉市の水交社の一室で五日間にわたってひらかれた。

討議が開始されると、海軍の火薬研究の第一人者である委員の千藤三千造技術少将から、火薬その他全般的な問題についての詳細な説明がおこなわれた後、砲弾、火薬の自然発火に焦点をしぼって熱を帯びた討論が展開された。

「陸奥」に搭載されていた主砲弾は、主砲一門について百二十発。「陸奥」の主砲は連装になっているので三番砲塔にも二門の主砲が装備され、その下方にある弾庫には、

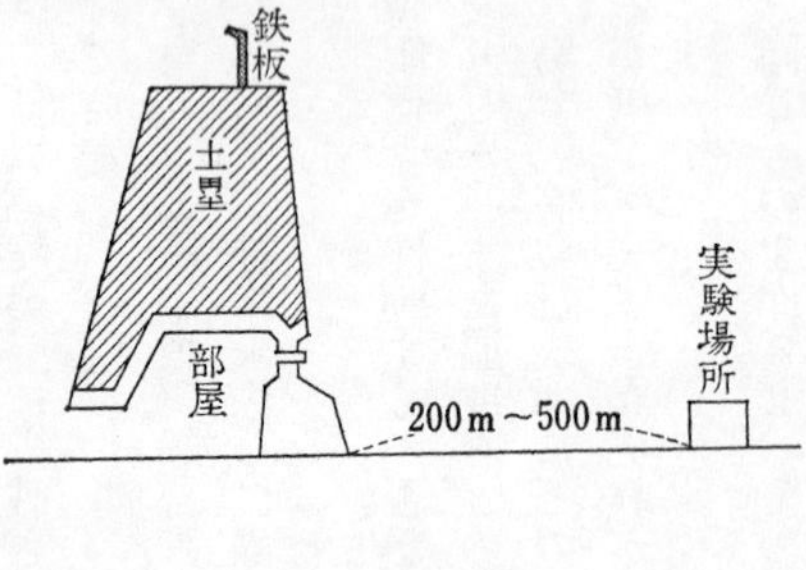

主砲二門の定数である二百四十発の主砲弾がおさめられていた。

この二百四十発の砲弾のうち三式弾は五十発で、百九十発が通常の徹甲弾であった。また弾庫の下部にある火薬庫には、主砲弾を発射させる折に使われる装薬（無煙火薬・公称名九三式一号火薬）が格納されていた。徹甲弾に自然発火のおそれが全くないことはあきらかで、結局疑いは弾庫に格納されていた三式弾と火薬庫におかれた装薬以外には考えられなかった。

また、弾火薬庫そのものに火災を起す要因がないか、という点についても意見が交された。

しかし、弾火薬庫の管理は、むろん厳重をきわめていて、その疑いは薄らいだ。弾火薬庫に火災が生じる場合としては、まず漏電が考えられる。つまり庫内の電線配置等の不備または故障にもとづくものだが、艦内、殊《こと》に弾火薬庫の電気艤《ぎ》装《そう》の規格はきびしく、もし漏電などの故障が発生した場合はすぐに予知できる装置がほどこされていた。そうしたことからも、漏電による弾火薬庫の火災ということは考えられなかった。

弾火薬庫内の温度がなんらかの理由で異常にたかまり、それによって砲弾内の火薬や装薬が自然発火したのではないか、という疑いももたれたが、それは現実の問題としてあり得ないことであった。

全艦艇の弾火薬庫内には冷房装置がほどこされ、精度の高い温度計がかけられていて毎日定時に庫内の温度が記録されている。庫内の温度は摂氏二一度を標準とし、二七度に達すると警鳴器が自動的にはげしく鳴って、同時に冷却装置が始動する仕掛けになっている。外部からの熱が加わらぬように、弾火薬庫の外壁に厚いコルクと石綿がつめられて防熱されてもいた。

それでも庫内の温度がたかまった折には、艦長命令で上方からシャワーのように多量の水が撒布《さんぷ》され、バルジからも海水が弾火薬庫に注水されて庫内にはまたたく間に水が充満する。

庫内での火災発生を告げる警鳴器の音を耳にした者もなく、結局庫内の火災による爆発の疑いは完全に消え、爆沈原因は、三式弾と装薬の発火以外にないことが再確認された。

まず装薬の点であるが、装薬は、直径一センチメートル、長さ三〇センチメートルの棒状のものが数百本束ねられて蓋《ふた》で閉ざされた真鍮《しんちゅう》製の火薬缶におさめられていた。

一缶の中の装薬の総重量は五〇キロであった。

一本の装薬に火を点じてみると、ボーボー燃えるだけだが、缶の中に入った数百本の装薬に点火すると量も多いので爆発を起す。しかし、亀ヶ首実験場での実験でもあきらかにされたが、他の火薬缶の蓋がしまっていれば一缶のみの爆発で終り、他の缶内の装薬を誘爆させることは絶対にない。また一缶程度の装薬が爆発したとしても、弾火薬庫内に設けられた安全弁から爆圧がぬけ出て、庫内全体の爆発となることもないのだ。

火薬担当委員の千藤技術少将は、専門家の立場から装薬が自然発火するようなことは絶対にあり得ないと強い語調で説明した。

装薬（火薬）の自然発火は、温度又は湿度等の影響を受けてその成分が変質した折に起る可能性があるが、この点については、十分な配慮がはらわれている。

火薬管理部門では、全艦艇に搭載されているすべての火薬類を、各艦別にそれぞれの艦の火薬庫と同じ状態で保管している。そして銀瓶《ぎんぺい》試験等によって定期的に火薬の成分を分析し、もしもかすかな変質の起きていることが認められれば、即座に同種の火薬類を艦からおろし廃棄させる。その上、大事をとって、長い年月の間に火薬が変質することを考慮し、製造後十二年を限度に火薬を廃棄処分としている。

千藤委員は、装薬を摂氏八〇度に加熱してもコールタール状にとけるだけで発火することはない、と豊富な試験結果の資料をもとに説明した。

また「陸奥」に搭載されていた火薬類は、軍港、火薬廠《しょう》等で同質のものが保管されていて、それらを分析した結果なんの異常もみられない。救難隊の潜水作業によって引揚げられた三番砲塔火薬庫内の装薬も同様で、「陸奥」搭載の火薬類が製造後間もないことから考えても成分の変質は考えられなかった。

各艦には火薬庫があり、それは火の玉を抱いているのに等しい。そうした恐るべき火薬庫内の安全を保つため、火薬類研究者たちは、性能よりもまず安全性を優先的に考えている。大正七年に戦艦「河内」が爆沈以来、二十六年間火薬庫内の爆発が絶えているのはその努力の結果であり、あらゆる面から判断しても、装薬の自然発火は到底考えられぬというのだ。

理路整然とした千藤委員の主張に、反論する委員はいなかった。この結果、装薬の自然発火説は完全に消え、残されたのは、艦政本部をはじめ海軍中枢部を支配している三式弾の自然発火説のみとなった。

査問委員会では、三式弾の資料を検討し、その新式弾の開発者である安井保門中佐を訊問《じんもん》すると同時に、亀ヶ首実験場で同種の三式弾の発火実験に専念した。が、それだけでは実験の正確を期しがたいので、「陸奥」の第三番砲塔弾庫に実際に格納されている三式弾の成分を調査することになり、救難隊にその引揚げを命じた。

大爆発を起した「陸奥」艦内に三式弾が残されている確率は低かったが、救難隊は、全員を作業に投入した。

松下大尉は、潜水員に三式弾の判別方法を教えた。最も著しい特徴は砲弾に塗装された色で、三式弾は赤、徹甲弾は白、演習用の砲弾は黒であった。

潜水員は了承して、つぎつぎに海中にもぐり、バーベットと砲塔旋回部の間の間隙から弾庫に潜入していった。

砲弾は直径四〇センチメートル、長さ一メートル五〇センチ以上で、重さは一トンもある。それをワイヤーで引揚げるだけでも容易ではないのに、砲弾の判別がむずかしい。

四〇メートルの海底でしかも周囲をとざされた弾庫の内部は、漆黒の闇である。その中を淡いライトの明りをかざして赤い三式弾をさがすのだが、色の区別がつかず、苦労して引揚げた砲弾は黒い演習弾や白い徹甲弾ばかりであった。

松下大尉は、作業を順調に進めるため、「長門」から砲弾をつかむ把弾器《はだんき》を借りてきて、四号艇の艇首にくりつけたロープの先端に結びつけ、弾庫の中におろさせた。そして、砲弾を把弾器でつかませ、ロープを手繰った。

砲弾は、所々にひっかかりながら上ってきた。しかし、どれも三式弾ではなかった。

松下大尉の顔にはあせりの色が濃く、潜水員たちは萎縮《いしゅく》したように肩をすくませ、休息もとらず海底にもぐっていった。作業は執拗《しつよう》にくり返されたが、三式弾は揚収できず救難隊には絶望的な空気がひろがった。

作業を開始してから六日目を迎えた。その日作業を開始して間もなく、松下大尉は海中からゆっくりと上ってくる砲弾が赤く塗装されているのを見出《みいだ》した。かれは、鈴木少尉と肩をたたき合って喜んだ。遂に救難隊は、三式弾一個の引揚げに成功したのだ。

この三式弾は、ただちに査問委員会に引渡された。

査問委員会は、揚収した三式弾を入念に調査し自然発火の可能性について実験をくり返した。三式弾には、特殊な焼夷剤《しょういざい》が特殊な方法でつめこまれている。しかも開発されて間もないことから、安定性をたしかめる実験の時間的余裕も不十分で、疑いをかける理由は多分にあった。そして、あらゆる実験を試み焼夷剤等も分析してみたが、自然発火を裏づける断定的な証拠を見出すことはできなかった。

委員会の調査は、大きな壁に突き当った。救難隊の潜水作業によって弾火薬庫内の状況もわかり、三式弾をはじめ火薬類、火薬缶も引揚げられた。それらを使用して発火実験を重ね、豊富な資料も蒐集《しゅうしゅう》された。しかし、火薬庫爆発の原因となるきめ手は、遂に見出すことはできなかったのだ。

委員の顔には、焦慮の色が濃かった。かれらは、山積された資料を前に黙しがちだった。

そのうちに、委員の一人から一つの案が提出された。三式弾と装薬等を発火させて、その煙を「陸奥」生存者たちに見せて判断の手がかりをつかもうというのだ。

調査に行きづまっていた委員たちにとって、それは妙案と思われた。三式弾の焼夷剤は白煙をあげ、装薬は茶褐色《ちゃかっしょく》をおびた煙をあげる。もしも白い煙を、生存者たちが爆発寸前にみた煙の色と同一のものであると証言すれば、陸奥爆沈の原因は、三式弾の発火によるものと立証できる。

査問委員会は、早速その案を採択し、発火実験を亀ヶ首実験場でおこなうことに決定した。

まず「陸奥」生存者中から、爆発前に三番砲塔付近で噴出した煙を確実に目撃した者がえらび出された。その中には、呉港外の三ツ子島隔離病舎に収容されていた負傷者もまじっていた。

しかし、亀ヶ首実験場は機密保持の建て前から兵籍にある者すら立入りは厳禁され、たとえ重要な実験ではあっても「陸奥」生存者を実験場に入れることは許されなかっ

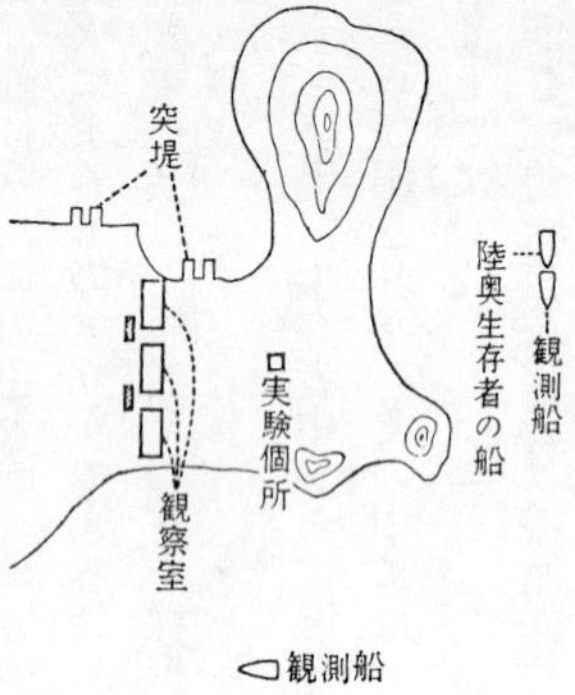

た。

呉鎮守府司令長官の許可を得れば生存者たちを上陸させることはできるが、急を要することなので、結局生存者たちを船にのせ、海上から望見させることにした。また、そのほかに観測船二隻《せき》を出し査問委員を二名ずつ乗せて、実験の完璧《かんぺき》を期した。

実験当日、突堤から上陸した査問委員たちは、土塁におおわれた観察室に入った。海上には、実験個所から三〇〇メートルほどはなれた位置に観測船二隻と「陸奥」生存者をのせた船が浮び、その船には白い病衣を着た者の姿もあった。船の浮んでいた位置を三〇〇メートルへだたった海面と私に教えてくれたのは、実験に協力した神津幸直氏（当時技術少佐）だが、実験担当委員の岩島二三氏（当時中佐）は六〇〇メートルぐらいはあったと言う。

神津氏は、消ゴムで消したりしながら、実験場の略図をシャープペンシルで巧みに描いてくれた。

やがて、実験が開始された。

まず三式弾が、三番砲塔と同型の仮設砲塔内で発火され、白煙が噴出した。査問委員たちは、「陸奥」生存者の乗っている船を凝視した。煙の色が生存者たちの記憶にある色と酷似しているならば、三式弾の発火が爆沈原因となるのだ。

立ち昇った白煙は、或る位置に達すると折れ曲るように海の方へと流れてゆく。双眼鏡でのぞくと、「陸奥」生存者たちの間にかすかな動揺の起るのが認められた。

そして、それがしずまると、無線で合図が送られてきた。

観察室にいた査問委員たちは、その結果に息をひそめた。かれらの顔がこわばった。報告されてきた内容は、意外にも一人残らずその煙の色とはちがうという。

委員の中には釈然としない表情をしている者もいたが、煙の色による判定は、素朴《そぼく》な方法ではあるが十分信頼のおけるもので、疑いをさしはさむ余地はなかった。この瞬間、三式弾の発火という推定は、完全にくずれ去った。

ついで、装薬の発火実験がおこなわれた。砲塔内からは、淡い茶褐色の煙が噴出した。

合図が、船から送られてきた。それは、全員が一致して「陸奥」爆発寸前に三番砲塔から噴出した煙と同一のものであるという内容であった。

委員たちは、無言で顔を見合わせた。疑いが完全にはれたと思われた装薬が爆発原因であったことに、かれらは唖然《あぜん》としたのだ。

「『陸奥』爆沈原因ハ三式弾ニアラズ、装薬ノ発火ト推定サル」という暗号電文が、海軍省を通じて艦政本部にも伝えられた。

三式弾を管轄《かんかつ》していた艦政本部第一部によどんでいた沈鬱《ちんうつ》な空気は、たちまち吹きはらわれた。殊にその開発者であった同部第二課員の安井保門中佐は安堵《あんど》し、その強力な支持者であった第二課長磯恵大佐も顔を明るませた。

査問委員会は、「陸奥」爆沈原因を装薬の発火と断定、その発火原因の究明に動き出した。それは委員会の調査が、最後の段階に足をふみ入れたことを意味するものであった。

装薬の発火について、あらためて諸条件を考え合わせ再検討された。しかし、それまでの綿密な検査・実験でもあきらかなように、装薬の自然発火は決してあり得ないことが再び確認された。もしも火薬缶の中の装薬が想像を越えたなんらかの理由で自然発火したとしても、火薬庫全体の大爆発に発展しないことは、亀ヶ首実験場でくり返しおこなわれた実験でたしかめられていた。

しかし、装薬の発火が火薬庫爆発につながる条件が全くないわけではなかった。それは、火薬管理の常識からは到底考えられぬことであったが、一つの火薬缶の装薬が発火し、しかもその折に他の火薬缶の蓋がすべてあけられている時にかぎられた。この点についての実験もおこなわれたが、火薬缶の蓋があけられていれば、一つの火薬缶の装薬の発火によって次々と誘爆を起し、それが弾火薬庫全体の大爆発となることが判明した。

査問委員会では、あらゆる場合を想定し検討した結果、なんらかの理由で装薬が発火し、また他の装薬缶の蓋があけられていたという状態以外には、「陸奥」の弾火薬庫の爆発原因はないと結論せざるを得なくなった。

しかし、火薬缶は、戦闘その他砲弾発射の場合をのぞいては必ず蓋でかたく閉ざされている。柱島泊地で碇泊中の「陸奥」でも、むろん火薬缶の蓋は閉ざされていたはずで、生存者からもそれを裏づける多くの証言を得た。

査問委員会の空気は、急に或る方向へ動きはじめた。

「陸奥」の爆沈は、火薬缶の蓋がひらいていたことが原因となっている。それは、厳正な弾火薬庫の管理規則から考えて決してあり得ないことだが、もしもそれが事実なら、だれかが火薬庫に潜入して蓋を開けたとしか思えない。

査問委員会の空気は俄《にわ》かに、異常な緊張につつまれた。

七

「陸奥」の爆沈原因が、火薬庫にしのびこんだ一乗組員の放火によるものらしいという話は、私も耳にしたことがある。陸奥爆沈を素材とした映画や読物にもそれに類した解釈をしているものがある。

しかし、それらは興味本位に描かれたもので、事実からは程遠いと感じられた。

私は、元「武蔵」艦長古村啓蔵氏から、「陸奥」の爆沈原因が三式弾の自然発火だと教えられていた。当時の海軍の上級士官からもそのようなことをきかされていたし、正確と思われる戦史にも三式弾の自然発火と明記されていたからだ。

それだけにM査問委員会が、爆沈原因について三式弾の自然発火説を完全に否定し、人為によるものという疑いを深め、そこに焦点を定めて調査に入ったことは意外だった。

M査問委員会の委員であった飯田信一氏（当時法務中佐）は、

「装薬につづいて三式弾の自然発火説も否定されて、結局これだという爆沈原因の科学的な推定はすべて打ち消されてしまったのです。委員の中からは、これで調査を打ち切ろうかという案すら出ました。つまり、原因不明ということで査問を結了しようというわけです。しかし、原因を究明する上で、最後に重要なことがただ一つ残されている。委員はだれも胸の中でひそかにそのことを考えてはいたのですが、人為的、つまりだれか人間が火薬庫の爆発を意図したのではないか。もしそれが事実なら、当然『陸奥』の乗組員に疑いをかけねばなるまいということになったのです」

と、査問委員会の空気を説明してくれた。

さらに飯田氏は、

「そうした結論に到達した理由は簡単なのです。それまでの日本海軍の軍艦火薬庫災害事件の中には、火薬庫の放火によって起った前例があったのですから……」

と、つけ加えた。

「前例？」

私は、思わずきき返した。

「たしか軍艦『日進』だったと思いますが……」

と言って飯田氏は、「日進」という軍艦の災害事故の概略を話してくれた。

「日進」は、亀ヶ首実験場で主砲弾の標的艦となって沈没した装甲巡洋艦だが、第一線の軍艦として活動していた頃、或《あ》る港に碇泊《ていはく》中、突然爆発事故を起した。原因は一乗組員の放火によるもので、犯人は、その後、強盗殺人をおかして逮捕され、火薬庫放火についても自白して銃殺刑に処せられたという。

私は、無言で飯田氏の顔を見つめていた。思いがけぬことを耳にした驚きで、しばらくメモをすることも忘れていた。

私は、それまで、「陸奥」の爆沈が乗組員の行為によるものだと推定した査問委員会の態度に釈然としないものを感じていた。

査問委員会の委員たちは、海軍の各専門分野から派遣されてきている。かれらは、潜在的に爆沈原因が自分の属する部門から発したと断定されることを恐れ、責任回避のために委員会の空気を意識的に或る方向へと導いた傾向があったのではないか、とすら私には思えた。

「陸奥」生存者の大半は、放火説に強く反対している。或る人は、

「『陸奥』は、厳正な軍規のもとに人の和も保たれていた。戦後になって放火などという推測もあるらしいが、そんな行為をする者がいるはずはない。第一、火薬庫に忍びこむことなど出来るものではない。錠がいくつもかけられているし、番兵も常時立《りつ》哨《しょう》していて警戒している。放火などということは、軍艦というものを知らぬ素人《しろうと》の考えだ」

と、語気も荒く言った。

「陸奥」乗組員であった生存者が、放火説に憤《いきどお》りをしめすのは当然のことである。多くの死者を出した爆沈事故が、同じ艦内で寝食を共にしていた乗員の行為によるものだ、という臆測《おくそく》は堪えがたいにちがいない。

数名の生存者たちに会った夜、私は、査問委員会が最終的には「陸奥」乗組員の行為によるものではないかと疑いをかけたことを口にした。

「俗説でしょう」

と、一人が言った。

「いえ、査問委員会では最後に放火ではないかという前提に立って、徹底的な調査に入ったのです」

私が答えると、一瞬かれらの表情はこわばった。

やがて、一人が口をひらいた。

「もしもそれが事実だとして、そいつが生きていたとしたらただではおきませんよ。千二百名もの戦友が死に、その遺骨のほとんどがまだ海底に沈んだままになっているのですから……」

その眼には、憤りにみちた光が浮んだ。

私は、生存者たちの放火説を否定する意見に同調的であった。余りにも非現実的であると思えたからだった。

しかし、「陸奥」以前に起った軍艦の火薬庫爆発事故の原因が放火によるものだという飯田氏の話は、私の批判的な考えを根底からつきくずした。査問委員会が放火説をとったのは決して責任回避などからではなく、火薬庫災害事故の前例を参酌《さんしゃく》した結果だということを知った。

査問委員には、日本海軍の将来に重大な影響をもつ原因の究明という責任が負わされていた。かれらは、それに真剣に取り組んだはずだし、戦時という環境は、責任のがれなどという曖昧《あいまい》なものの入りこむ余地はなかったのだろう。かれらは、日本海軍技術陣の各部門の代表的人物であり、冷静に一つ一つ丹念に原因をさぐり、それを消去して、最後に人間の行為によるものではないかという疑惑に到達したにすぎなかったのだ。しかも、放火による軍艦の火薬庫災害事故が過去に発生したことを考えれば、委員たちがそうした疑惑をいだいたのも当然すぎると言わなければなるまい。

私にとって、「陸奥」の爆沈以前に起った軍艦の火薬庫爆発事件を調べることが重要な課題となった。

私は、それに関する知識を得るため軍艦研究家福井静夫氏の家を訪れた。

氏は、淀《よど》みない口調で「陸奥」以前の火薬庫災害事故について話しはじめたが、冒頭に「三笠」という名称を口にした。

「軍艦『三笠』というと、日本海海戦のあの『三笠』ですか」

「そうです。日本で初めての爆沈は、あの『三笠』が起したのです。御存知のように『三笠』は、連合艦隊の旗艦としてロシヤのバルチック艦隊と日本海で対戦して、決定的勝利を日本にもたらし、それが講和条約締結をも促したのです。『三笠』は、意気揚々と佐世保に凱旋《がいせん》し、司令長官の東郷平八郎大将は、天皇に勝利を奏上するため汽車で東京へ出発しました。事故が起ったのは、その夜です。突然火薬庫に火災が発生し、一時鎮火したと思われたのですが、つづいて大爆発を起し爆沈してしまったのです」

「沈没したのですか」

「そうです。しかし港内であったので海も浅く、翌明治三十九年八月七日には引揚げに成功しました。それから一年半後の四十一年の春に修理も終え、秋の大演習には旗艦として参加できたのです。ところがその後四年たった大正元年の十月に、また『三笠』は弾火薬庫に火災を起しましてね」

私は、呆気《あっけ》にとられた。

「『三笠』以外にもまだありますよ」

と、福井氏は言って資料を私の前にひろげた。

一　戦艦「三笠」(排水量一五、一四〇トン)
事故発生日時……明治三十八年九月十一日午前零時三十分、小爆発ニヨル火災発生後、大爆発
場所……佐世保軍港
事故ノ程度……爆沈

二　二等巡洋艦「松島」(排水量四、二八〇トン)
事故発生日時……明治四十一年四月三十日午前四時九分
場所……馬公《まこう》
事故ノ程度……爆沈

三　戦艦「三笠」
事故発生日時……大正元年十月三日午後六時四十分
場所……神戸沖
事故ノ程度……火薬庫ノ火災

四　装甲巡洋艦「日進」（排水量七、七五〇トン）
　事故発生日時……大正元年十一月十八日午後六時五十分
　場所……清水港
　事故ノ程度……火薬庫小爆発
五　巡洋戦艦「筑波」（排水量一三、七五〇トン）
　事故発生日時……大正六年一月十四日午後三時十五分
　場所……横須賀軍港
　事故ノ程度……爆沈
六　戦艦「河内」（排水量二〇、八〇〇トン）
　事故発生日時……大正七年七月十二日午後三時五十一分
　場所……徳山湾
　事故ノ程度……爆沈

この「河内」爆沈について「陸奥」の爆沈事故が起ったわけだが、ここに記載されたすべてが火薬庫の火薬の爆発が原因で、「河内」までの六例の事故中四隻が爆沈している。

私は、口をつぐんだ。これほど多くの火薬庫災害事故が発生していたとは想像もしていなかった。

私は、それらの災害艦の事故原因を知りたかった。端的に言えば、それらの事故の中に、実際に放火その他の行為によるものがあったかどうかをたしかめたかった。

この点について福井氏にただすと、氏は、

「手元に詳細な資料はないのですが……」

と言いながらも、左のようなことを話してくれた。

明治三十八年九月に起った「三笠」の爆沈は、人為的な疑いが極めて濃い。日本海海戦に勝利をおさめ講和条約も締結されて、「三笠」艦内には浮き浮きした空気があふれていた。東郷大将以下司令部員は上京し、兵たちは解放的な気分になり祝酒も出た。その中の数名の兵が、深夜上官の眼のとどかぬ火薬庫に酒を持ちこんでひそかに宴をひらいた。その時ローソクが倒れ、火薬に引火した。兵たちはあわてて消そうとしたが、たちまち大火災となり火薬庫が爆発し、艦は沈没した。

大正元年十一月には、飯田信一氏の話にもあったように一等巡洋艦「日進」に火薬庫災害事故が起り、これも放火だといわれている。一乗組員が、上官に対する怨恨《えんこん》から、火薬庫に発火装置を仕掛けて上陸し、山の上から爆発の起るのを見守っていた。

かれの思惑通り爆発が起ったが、消火処置が適切で、被害は少く大事には至らなかった。その後、乗組員は除隊してから殺人を犯し逮捕された。犯人は、その取調べ中「日進」の火薬庫爆発を企てたことを自供、全貌《ぜんぼう》があきらかになった。

「こうした前例があるので、査問委員会は『陸奥』の爆沈事故も放火ではないかと疑ったのでしょう。『陸奥』のような大戦艦には、優秀な者が乗組員になっていて軍規も厳正だったはずですが、多くの人間が乗っているのですから、変な人間の一人や二人はいますよ。いくら規律規律といっても、つまりは人間の集りなのですからね」

と、福井氏は言った。

軍艦について該博な知識をもつ氏も、火薬庫災害事故原因に関する詳細な内容は知らなかった。が、氏から実際に人為的な原因で事故を起した軍艦があることを教えられたことはありがたかった。

福井氏は、このような火薬庫爆発事故は、諸外国でもしばしば起っているとつけ加えた。

アメリカでは、戦艦「メイン」がキューバのラ・ハバナ港で爆沈して死者二百五十四名を出し、またイギリスでは装甲巡洋艦「ナタール」(一三、五〇〇トン)の爆発についで、弩級《どきゅう》戦艦「バンガード」(二〇、九〇〇トン)、同「ブルワーク」(一五、〇〇〇トン）がそれぞれ爆沈。フランスでも戦艦「イエナ」（一二、五〇〇トン）、同「リベルテ」（一四、六〇〇トン）が相ついで爆沈。

イタリヤでの事故も多く、弩級戦艦「レオナルド・ダ・ビンチ」（二三、〇〇〇トン）、戦艦「ベネディット・ブリン」（一三、四〇〇トン）がそれぞれ爆沈して多くの死者を出し、ロシヤでは、弩級戦艦「イムペラツイッサ・マリヤ」（二四、〇〇〇トン）、ブラジルでは海防戦艦「アクイダバン」（五、〇〇〇トン）が爆沈、死者多数の惨事を生んでいる。

これら以外にもイギリスの一等巡洋艦「フォックス」（四、三六〇トン）、フランスの戦艦「ブーヴェー」（一二、〇〇〇トン）、一等巡洋艦「グロワール」（一〇、〇〇〇トン）、イタリヤの戦艦「シシリヤ」（一三、三七五トン）、二等巡洋艦「マルコ・ポーロ」（四、五八三トン）等火薬庫爆発事故は頻発《ひんぱつ》しているが、日本はイギリス、フランス、イタリヤなどとともに火薬庫災害事故は多い。そして、それら外国の軍艦火薬庫災害事故中にも、乗組員の放火又は過失によって起ったものがかなりあるという。

私の陸奥爆沈に対する関心は、一層増した。「陸奥」という大戦艦の爆沈という事実の背後に、人間臭さをおびたものがひそんでいることをかぎつけたからだ。

「三笠」の火薬庫の中で、ローソクの淡い明りをかこんでひっそりと酒を飲んでいたという水兵たち、山の上からただ一人「日進」の爆発を見守っていたという一乗組員の姿。それらは、なにか妙に物悲しい翳《かげ》にふちどられている。

「日進」の乗組員が立っていたという山の上には、濃い闇《やみ》がひろがっていただろう。かれは、その中でただ一人眼下の港に碇泊している「日進」を、息をひそめて見下ろしていたにちがいない。そして、爆発――

かれは、その閃光《せんこう》ときらびやかな火炎をどのような感慨で見つめていたのだろうか。

私は、「陸奥」爆沈以前の六例の軍艦火薬庫災害事故の記録探しに専念した。「陸奥」爆沈事故の正式記録がないように、それらの災害記録も実在していないのではないかと思った。そうした危惧《きぐ》を裏づけるように、諸々方々に問い合わせてみたが、その所在を知らぬ人ばかりで、大半の人は終戦時に焼却処分に付したのではないかという。

そのうちに、火薬専門家の某氏が生前に書き遺した記録が手に入ったが、それは概要を述べただけのもので満足できるものではなかった。

私は、半ば諦《あきら》めながらも記録探しに歩きまわった。そして、一カ月余もたった頃《ころ》、某所で奇蹟《きせき》的とも思える偶然からようやく資料の山にぶつかった。それは、火薬庫災害事故の正式記録で、「陸奥」爆沈以前の事故内容が生々しく記述されていた。

私は、それらの資料を三日間にわたって閲覧したが、結論を先に言えば驚きの連続だった。一つ一つの災害例に眼を通してゆくうちに、M査問委員会が「陸奥」の爆沈原因は人為によるものではないかという疑惑をいだいたのも当然だという気がしてきた。

まず私は、明治三十八年九月十一日に起った戦艦「三笠」の爆沈事故の資料に取りくんだ。

「三笠」は、英国ヴィッカース社で建造され、日本海軍が購入した排水量一五、一四〇トンの当時の新鋭艦であった。明治三十八年五月二十七、八日の両日にわたって、戦艦八隻を主体とした三十八隻にのぼるロシヤのバルチック艦隊と日本海に於《おい》て砲火をまじえ、世界海戦史上類のない圧倒的な勝利をおさめていた。

日本艦隊はわずかに水雷艇三隻を失ったのみで、ロシヤ艦隊三十八隻中戦艦六隻、巡洋艦四隻、海防艦一隻、駆逐艦四隻、仮装巡洋艦一隻、特務艦三隻計十九隻を撃沈、戦艦二隻、海防艦二隻、駆逐艦一隻計五隻を捕獲、司令長官ロジェストヴェンスキー中将以下六千百六名を俘虜《ふりょ》とした。

この海戦によって日露戦争は事実上終了し、九月五日にはアメリカのポーツマスで講和条約が締結された。国内は戦勝気分に沸き立っていたが、そうした中で突然「三笠」の爆沈事故が起ったのだ。

九月十日、「三笠」は、佐世保軍港の第十番ブイにつながれていた。深夜の九月十一日午前零時三十分、後部左舷《さげん》にある一五センチ砲弾火薬庫内から突然水蒸気の噴出するような音がきこえ、小爆発の音が起った。

白煙が庫内から立ち昇り、火炎がのぞくと同時に火薬庫が爆発した。

艦内は騒然となり、必死に消火につとめたが火はさらにひろがり、遂《つい》に後部三〇センチ砲火薬庫にも引火した。たちまち火薬庫は大爆発を起し、朱色の太い火柱が轟音《ごうおん》とともに佐世保軍港の夜空を貫いた。引き裂かれた船体の鉄板が夜空に舞い、「三笠」は瞬時に沈没した。人命の被害は、死者二百五十一名に達した。

この事故は日本海軍創設以来初の火薬庫爆発事件であり、しかも連合艦隊旗艦「三笠」の爆沈であっただけに与えた影響は大きかった。

ただちに査問委員会が編成され、爆沈原因の究明が開始された。

火災発生個所は、一五センチ砲弾火薬庫と断定された。庫内には、装薬をはじめ黒色火薬、弾丸、信管、火管、号火などが格納され、それらは爆発性又は可燃性のあるもので、すべてが疑惑の対象となった。

査問委員会は協議の結果、火薬の自然発火の疑い濃厚という判定をくだし、海軍大臣にその旨《むね》を報告した。

報告書の冒頭には、「一五センチ砲弾火薬庫ノ火災原因ニツイテハ、人為的ナ形跡ハ認メラレズ」と明記し、放火又は過失火を全面的に否定している。自然発火と推察する理由が縷々《るる》述べられているが単なる臆測《おくそく》に終始していて、結論としては原因不明という形になっている。

私は、その報告書の記載に不満だった。福井静夫氏の話によると、「三笠」の爆沈は火薬庫内でひそかに飲酒していた水兵があやまってローソクを倒し、それが火薬に引火したために起ったものだという。ところが「三笠」爆沈事故査問委員会の資料には、「人為的ナ形跡ハ認メラレズ」と記されていて、福井氏の話を裏づけるものはなにもない。

単なる噂話《うわさばなし》だったのだろうか。それを福井氏は、一つの参考として伝えてくれたにすぎないのか、と私は思った。結局その記録から得たものは、「三笠」の爆沈が原因不明の事故として処理されているということであった。

しかし、その後私は、大正元年十月に「三笠」が再び火薬庫火災事件を起した折の事実報告書をしらべているうちに、思いがけない書類を発見した。それは、報告書綴《つづり》りの中に異物のようにはさまっていたもので、記録を一枚一枚繰っていた私の眼に突然とびこんできたのだ。

その書類は、すでにあきらめきっていた「三笠」爆沈の原因をあきらかにする有力な資料で、福井氏の話が単なる噂話を伝えたものでなかったことを立証していた。

書類の表題には、

「明治三十八年三笠爆沈ニ就キ聞キタル事」

と書かれ、筆者は、海軍中尉松本善治となっている。

この書類は、大正元年の「三笠」の火薬庫発火事故が発生した折、松本中尉が七年前の「三笠」爆沈に不祥事があったらしいことを艦長の命令によって報告したものなのである。

私は、入念にその報告書を書き写した。

余、兵学校一学年ノ夏期休暇ノ折（明治三十九年）、山梨県ニ帰省シ、帰校ノ途次品川停車場ニ汽車ヲ待合ス。

折柄《おりから》一人ノ海軍卒ノ制服ヲ着セルモノアリ。余ニ敬礼ノ後、甚《はなは》ダ慕ワシゲニ余ノ傍《かたわら》ニ来《きた》リシガ別ニ語ヲ交エザリキ。後、改札口迄《まで》至リシニ余ガ荷物等ヲ携エクレ、甚ダ親切ヲ尽シクレタリ。

プラットホームニ到リ腰掛テ休ミ居リシニ、又モ傍ニ来リ余ニ語ルラク。

〝私ハ点呼ノ為《ため》横須賀ニ行クモノナリ。私ハ海軍満期前、佐世保海軍病院ニ在勤セシガ、三笠爆沈ノ翌日同艦乗組ノ一重傷者ヲ看護セシニ、火傷《やけど》重ナリテ瀕死《ひんし》ノ折、傷者ノ懺悔《ざんげ》ニ曰《いわ》ク、『余ハ三笠爆沈ヲナシタル一人ナリ。三笠ニテハ戦役中ヨリ発光信号用ノアルコールヲ窃取シ水ヲ混ジ飲用スルコト（兵員ハ俗ニピカト称ス）流行セシガ、余モ同輩数名ト結ビ信号用ノ工業アルコールヲ洗面器ニ入レ弾薬通路ニ携帯シ行キ、先《ま》ズ火ヲ点ジ木精臭気ヲ抜キ、後ニ火ヲ吹消シ水ヲ入レテ薄メントセシニ、火ハ洗面器ヨリ溢出《いっしゅつ》シ甲板ニ広ガリタレバ、上衣《うわぎ》ニテ敲《たた》キ必死ニ防火セシニ、洗面器倒レ通路全部火災ヲ起シ、極力防火セシモ及バズ、遂ニ大火傷ヲ負イ上甲板ニ遁《に》ゲ出セリ。次ニ大爆発トナリタリ。今、死ニ臨ミ其《そ》ノ原因ヲ明《あきらか》ニス』ト。〟

看護卒ハ尚《なお》語ヲ続ケ、

〝余等同輩ハ、死人ノ懺悔談ヲ公《おおやけ》ニスルニ忍ビズシテ其ノ儘《まま》黙シ居リシガ、貴公方ハ兵員ヲ監督セラルル方ナレバ参考迄ニ申上グル次第ナリ〟……ト。

余ハ当時若年ノ事トテ斯《か》カル事ハ耳新シク覚エシガ、既ニ其向《その》ニテハ調査シ居ラルル事勿論《もちろん》ナリト思イ、其ノ言ヲ重視セズ別ニ看護卒ノ姓名モ問ワザリキ。

後ニ乗艦生活ヲナスニ至リシモ、之《これ》ニ類スル話スラ聞カズ。殊《こと》ニ本艦ニ乗艦スルヤ甲板掛将校ヲ命ゼラレシ故《ゆえ》、鋭意此《こ》ノ悪風ノ残存セルヤヲ密探セシモ見当ラズ、唯々《ただただ》現在余ガ分隊員ヨリ、明治三十九年同四十年頃、水雷部員及信号部員ニテアルコール点火シ飲用セシヲ目撃セリ、ト語ルヲ耳ニシタルノミナリ。
嘗《かつ》テ同僚ニ話シタルニ、艦長ヨリ当時聞キタル儘ヲ記スベキ命ニ接シ之ヲ記ス。

後に、この松本善治中尉の報告書と同様の趣旨のものを、私は別の信頼すべき記録の中にも見出《みいだ》した。宇川中将という人の談話として紹介されているものである。

私は、宇川姓の海軍中将であった人が宇川済《わたる》氏であることを知って、電話を入れた。当時宇川氏は「三笠」乗組で、後に横須賀鎮守府参謀長時代に「三笠」保存に尽力した人でもあった。たまたま私が電話をした日は満九十歳の誕生日に当っていて、耳も遠くお話をきくことはできなかったが、氏が松本中尉の報告を読んで事実を知ったことは明白である。宇川中将の談中の「満期ニヨリ兵役ヲ去ッタ看護兵ガ郷里デ語ッタトコロニヨルト……」という一文から察すると、松本中尉の報告書に驚いた海軍が、郷里にもどっていた看護兵からあらためて事情をきき出したものと思われる。

いずれにしても、「三笠」の爆沈原因について「人為的ナ形跡ハ認メラレズ」という査問委員会の結論に対して、決定的とも思える反証が提出されたのである。つまり、「三笠」爆沈事故は、禁をおかして火薬庫の中に忍びこみ飲酒しようとした数名の兵によって起されたものということが、爆沈後七年をへて偶然のようにあきらかにされたのだ。

松本中尉が、故意にいつわりの報告書を提出したというようなことは全く考えられないし、看護兵も偽りを口にするはずもない。私は、整然とした記述と内容の自然さから考えて、松本中尉の報告書にあることを事実と認定したい。

私は、ついで明治四十一年に台湾の馬公《まこう》で爆沈した二等巡洋艦「松島」の事故書類を繰った。

ところが、意外にもその爆沈事故より一年半ほど前の明治三十九年十一月に、一等巡洋艦「磐手《いわて》」(排水量九、八二六トン)に火薬庫爆発寸前の怪事件があったことに気づいた。しかもこの事件は、まぎれもなく一乗組員の放火未遂事件で、被告判決書の内容を一読した私は啞然《あぜん》とした。

その被告の軍法会議は、判士長大石四郎少佐のもとに、事件後二ヵ月近くたった明治三十九年十二月二十七日にひらかれている。

被告は、佐世保海兵団四等水兵中○清（高知県出身、氏名伏字は筆者）で、罪状は「私書偽造行使、詐欺《さぎ》取材及び同未遂、艦船焼燬《しょうか》未遂」であった。

事件の概略は、次のようなものであった。

同年十月十四日、「磐手」が佐世保軍港に碇泊《ていはく》中、中○清四等水兵は、許可を得て佐世保の町に上陸した。

かれは、その日巧妙な詐欺を企てた。日頃《ひごろ》から親しくしている同艦乗組の浦寿之助四等水兵を利用して金銭詐欺を思い立ったのだ。

中○は、徳島県名東《みょうどう》郡斉津村字津田浦に住む浦四等水兵の実父である浦重吉宛《あて》に偽《にせ》手紙を書いた。発信人は浦寿之助として、手紙の内容は、至急入用だから金拾円也《なり》を送付して欲しいというもので、その日投函《とうかん》した。

この手紙を受けとった浦重吉は、息子寿之助からの依頼と信じこみ、拾円紙幣を入れた手紙を浦四等水兵の下宿先である佐世保市名切通りの平田安存方に送った。

中○四等水兵は、同月二十日に平田方で手紙を受けとり拾円を詐取、受領した旨の手紙も送った。

これに味をしめた中○四等水兵は、五日後の十月二十五日、同じ方法で同僚の高平幸馬四等水兵の実父高平盛次（高知県吾川郡明治村）へ拾円也の送付方を依頼した。送付先は、中〇の知人の家気付小松清一宛とした。この企ても再び効を奏して、中〇は拾円を入手、受領の手紙を送った。このようにして中〇四等水兵は、二十日ほどの間に計二十円の金銭詐取に成功した。

しかし、浦、高平両四等水兵と実家との間に手紙のやりとりがあって、詐欺の事実は発覚した。訴えを受けた鎮守府は、中〇を容疑者としてその証拠がために手をつけた。

中〇は、金銭を遊興に費消した後、犯行が近い将来に発覚する不安におびえた。罪に問われれば監獄に叩《たた》きこまれ、服役後も前科者として暗い日々を送らねばならない。かれは、激しく悩んだ。

十一月一日、かれは、前部一五センチ砲弾庫員として艦への火薬積込作業に従事した。監獄、前科者という言葉が頭の中を占め、暗澹《あんたん》とした気持になった。

かれは、陸上に積まれている一五センチ砲装薬を爆発させて自殺しようと思った。しかし、とりあえず親友の浦寿之助四等水兵に実家から拾円を詐取したことを告白し、だれにも言わないで欲しいと懇願してみようと考えた。もしも浦四等水兵が立腹して願いをきき入れてくれなかったら、その時に死をえらんでもおそくはないと、その場での自殺は思いとどまった。

中○は、浦に拒否されることを予想して自殺の準備にとりかかった。一五センチ砲弾庫員であるかれは、弾火薬庫の火薬爆発による自殺が最も効果的だと判断した。そして、その日の夕方、熟知している前部一五センチ砲火薬庫に忍びこむと、安式一五センチ速射砲装薬包一個の口ぶたをこじ開け、薬莢《やっきょう》内の薬嚢《やくのう》を切りひらいた。薬嚢中に火を投じ、大爆発を起させようと意図したのだ。

準備がととのったので、その夜、中○は浦四等水兵に会い、拾円を詐取したことを告白し他言せぬよう懇願した。しかし、浦四等水兵は、詐取されたことを知っていて、すでに鎮守府に被害届を出してあると中○に告げた。

中○は、愕然《がくぜん》とした。かれは、その瞬間自殺を決意した。が、火薬庫の警戒が厳重で、その夜は計画を実行に移すことはできなかった。

翌十一月二日、「磐手」は、公試運転のため佐世保軍港を出港、午後二時頃には黒島付近を航行中であった。

中○四等水兵は、上甲板の便所に行き、そこに喫煙のために備えられている火縄《ひなわ》を手にとった。たまたま公試運転中の「磐手」には佐世保工廠《こうしょう》の職工多数が乗っていて、修理のため前部一五センチ砲火薬庫の入口のふたがひらいていた。

自殺の機会は今だ、とかれは思った。そして、その火のついている火縄を軍服の上衣にかくして、便所を出た。

しかし、かれには尾行者がいた。尾鷲辰一という三等水兵で、金銭を詐取しその後の行動にも不審な点があったので厳重な監視を命じられていたのだ。

周囲をうかがいながら歩いていた中〇四等水兵は、尾行に気づいた。

かれは、突然走り出すと扉《とびら》の開いた前部一五センチ砲火薬庫にとびこんだ。そして、前日準備しておいた装薬包を格納棚《だな》からおろし、手にしていた火縄で点火させようとした。

後を追ってきた尾鷲三等水兵が、まず中〇四等水兵にとびかかり、同火薬庫見張番山崎孫平三等水兵もその上におおいかぶさって、放火寸前の中〇四等水兵をとりおさえた。

軍法会議の判決は、無期徒刑であった。

この放火は未遂に終ったが、中〇四等水兵を取押えることができなかったら、「磐手」は大惨事をひき起していたにちがいない。もしも爆沈したとしたら、外洋での沈没であるだけに原因究明の調査もほとんど不可能で原因不明として処理されたかも知れない。

私は、この放火未遂事件の資料を眼にして、M査問委員会が「陸奥」爆沈原因を人為的なものではないかと疑ったことも無理はない、とあらためて痛感した。すでに調べた戦艦「三笠」爆沈事故と一等巡洋艦「磐手」の火薬庫爆発未遂事件は、前者が過失、後者が放火とケースは違うが乗組員の行為によるものであることに変りはない。

つづいて私は、二等巡洋艦「松島」爆沈事件の記録に眼を通した。

「松島」は、明治二十四年四月五日にフランスのフォルジェ・シャンティエリ社で完成した排水量四、二八〇トン、三二センチ口径砲一門を主砲とする海防艦（明治三十一年の艦艇類別標準の制定で二等巡洋艦に分類）であった。

当時、清《しん》国は強大な海軍力をほこり、巨艦「定遠《ていえん》」「鎮遠《ちんえん》」（排水量七、四〇〇トン・三〇センチ主砲四門装備）の同型艦二隻を主力に東洋諸国を威圧していた。これに対して日本海軍は、「松島」「厳島《いつくしま》」「橋立」を「定遠」「鎮遠」の対抗艦として保有し、その三艦に日本三景の地名をつけて三景艦と称していた。

日清戦争が勃発《ぼっぱつ》すると、「松島」は連合艦隊旗艦として黄海海戦に出撃、後に日露戦争の日本海海戦にも参加、その名はひろく親しまれていた。

明治四十一年、「松島」は、僚艦「厳島」「橋立」とともに練習艦隊を編成、少尉候補生多数を乗せて一月下旬横須賀を出港、遠洋航海に旅立った。清国、フィリピンなどを歴訪後帰途についたが、同年四月三十日台湾馬公要港に寄港碇泊中、突然大爆発を起して沈没したのである。

その日午前四時一分頃、下甲板を巡視していた当直将校と衛兵伍長《ごちょう》は、物のこげるような匂《にお》いに気づき、急いで調査してみたが異常は見出せなかった。

しかし、四時五分頃、三二センチ砲火薬庫の方向から薄い煙が立ち昇っているのを発見し、当直将校は、

「水だ、水だ」

と叫んで、兵たちを督促した。

しかし、消火処置をとるいともなく、四時八分頃轟音《ごうおん》とともに大爆発を起し、たちまち艦は右舷方向に傾き、艦首を突き立てて艦尾から吸いこまれるように海中に没した。

瞬間的な沈没で、しかも夜明けにも間があった頃の事故で、乗組員は艦内で就寝中であったため逃げ出すこともできず、砲術長平少佐をのぞく士官全員と多数の候補生をふくむ二百七名が死亡した。

査問委員会の原因究明が、開始された。

まず爆発は、三二センチ主砲の火薬庫で発生したものと断定された。爆発原因については、火薬の自然発火の疑いが消え、火薬庫内でなんらかの原因による火災が発生したか、または放火等による火薬庫爆発かの二点にしぼられた。

これらの疑惑について査問委員は資料の蒐集《しゅうしゅう》につとめたが、死者が多く事情聴取も困難で、結局いずれが原因なのか判断することはできなかった。

しかし、査問委員会は、終始爆沈原因が乗組員の行為ではないかという疑いを捨てなかった。それは、同艦乗組の生存者多数から、艦内に不穏な空気があったという証言を得ていたからであった。

「松島」では、爆沈した日の翌五月一日に兵員の進級が発表される予定であったが、なぜか爆沈日前日の夕刻、すでに進級者の氏名が兵たちの間にもれていた。進級する者は喜び、選からはずれた者は悲観し、夜になると互いに寄り集って酒を飲みはじめた。上機嫌《じょうきげん》ではしゃぐ者、自棄酒《やけ》をあおる者が入り乱れて険悪な空気となり、所々で喧嘩《けんか》をする者も出てきた。騒然とした空気は深夜になっても鎮《しず》まらず、殺気立った人声もきかれた。

このような証言から、一つの推測が生れた。或《あ》る兵が、進級できなかったことで自暴自棄となり泥酔《でいすい》した。すっかり自制心も失い、そのあげくに火薬庫に忍びこんで、発作的に放火したのではないかとも想像された。

また同艦の兵の中には、上官の眼をさけて火薬庫の一部である給与室に入りこみ、ひそかに飲酒する者が多かったこともあきらかにされた。そうした事実から、明治三十八年の「三笠」爆沈事故と同じように、過失による火薬庫爆発ということも考えられた。

しかし、それらはあくまでも臆測の域を出ないもので、裏づけとなる確証は発見されなかった。つまり「松島」の爆沈事故は、原因不明として処理されたのである。

この爆沈事故から四年たった大正元年には、修復成った「三笠」に、再び火薬庫災害事件が発生している。

場所は神戸沖で、災害時に大沢喜七郎艦長は陸上にいて、三輪修三副長が在艦していた。事故の内容は、副長から艦長に提出した「火災ニ関スル報告書」が克明に伝えている。

大正元年十月三日午後六時四十二分、上陸員帰艦シ後甲板ニ整列ノ後、本官ハ、私室ニ於《おい》テ上甲板ノ騒然タル足音ヲ聞キシ折柄、当直候補生大塚惟重私室ニ来リ、前部火薬庫爆発ノ旨《むね》ヲ報告ス。

本官ハ速《すみやか》ニ上甲板ニ至リタルニ、既ニ当直将校海軍少佐白石信成ハ警鐘ヲ連打セシメ、防火部署ニ就カシメツツアリタリ。此時本官ハ、前艦橋前部ニ当リ火煙ヲ認メザリシモ、僅々《きんきん》白煙ノ騰《あが》リツツアリシヲ認メタリ。

然《しか》ルニ後甲板ニ多数ノ兵員ノ集合シ在リタルヲ見、又海軍大尉大野太熊《だいい》ノ後甲板ニ出《い》デ来リタルニ会シタルヲ以《もっ》テ、直ニ短艇ノ降下ヲ命ジ、同時ニ後艦橋ニ在ル当直信号兵ヲシテ、

「吾《わ》レ火災」

ノ信号ヲ在港各艦ニナサシメ、本官ハ後艦橋ニ登リシニ、海軍中尉横山市治ノ在リシヲ以テ直ニ御真影及秘密図書ノ運搬ヲ命ジ置キ、本官ハ更ニ前部艦橋ニ赴キ、艦内ノ指揮ヲ採リタリ。而《しこう》シテ同時ニ柴田候補生ニ命ジ、陸上艦長ニ此ノ旨ヲ急報セシメタリ。

短艇ノ半下セルトキ、軍艦敷島ヨリ本艦ニ向ッテ探照灯ヲ照射シ、次デ香取、河内、鹿島等モ亦《また》之ニ倣《なら》イ本艦ヲ照射セリ。

六時五十分頃、白石少佐ノ下甲板ヨリ前艦橋ニ来リテ、火災ノ原因及《および》其位置明

ナラザルモ、略《ほ》ボ前部一二吋《インチ》（三〇センチ）砲火薬庫付近ニアルモノノ如《ごと》シトノ報ニ依《よ》リ、直ニ同火薬庫ニ注水ヲ命ジ、次デ前部各弾薬庫ニモ注水ヲ命ゼリ。

七時零分頃、海軍少尉稲垣生起《あやお》下甲板ヨリ来リ、火災鎮火セリト報ジ、同時ニ小泉、白石両少佐ヨリモ同様ノ報告ニ接シタリ。

尚、火災ハ消滅セルモ、濛気《もうき》充満シ動作不便ナルヲ以テ、速ニ濛気ヲ排除セザルベカラズトノコトニツキ、機関部ニ送風ヲ令シ、小泉少佐ハ圧搾《あっさく》空気ヲ送リ排気ノ手段ヲ採レリ。白石少佐ハ、中甲板ノ舷窓、揚弾筒、天窓等ヲ開キ、濛気ノ排除ニ努メタリ。

七時頃ヨリ、敷島、香取、河内及鹿島等ヨリ防火隊ノ派遣ニ接シタリ。此時已《すで》ニ鎮火シ、他艦船ノ補助ヲ要セザルニ至リシモ、爾後《じご》或《あるい》ハ再発スルヤモ計リ難キ虞《おそれ》アリタルヲ以テ、兎《と》ニ角《かく》本艦舷側ニ在ランコトヲ希望スル旨各指揮官ニ依頼セリ。

火薬庫爆発におびえながらも、火薬庫に注水するなど機敏な処置をとって消火に成功したのである。報告書はさらにつづいているが、この直後、三輪副長は、異常な光景を眼にした。

三輪は、火災も鎮まったので火災現場調査のため前部三〇センチ砲火薬庫の方に行こうとしたが、煙がはげしく近づけない。三輪がためらっている時、防煙具で顔をおおった一人の男が、一個の死体をかついで上甲板に出てくるのを見た。

不審に思った三輪は、すぐにその防煙具をつけた者を呼んだ。

男は高野という一等木工で、かれの話によると防煙具をかぶり火薬庫をのぞいた折、一人の水兵が倒れているのを発見した。上官に報告するとすぐに引き出すように命令されたので、火薬庫に入り水兵に近づいた。水兵はすでに死亡していた。かれは、死体をかつぎ上甲板に出てきたのだという。また高野は、いつも閉められているはずの火薬庫の扉がなぜか開いていたとも証言した。

死亡していた水兵は、三等水兵野○平次郎であることが判明し、その死体がなにを意味するのかただちに調査が開始された。

火災の再発するおそれもなくなったので、午後八時四十分頃から海水の注入されていた火薬庫内の排水をはじめ、庫内に直接立ち入って実地調査に着手した。その結果、思いがけぬことが判明した。

まず火薬庫入口の扉にかけられた頑丈《がんじょう》な鎖の錠が切断されていて、死体の横たわっていた個所の近くから、一丁の斧《おの》が発見された。また給与室から火薬格納庫内に通じる扉も、強引にこじあけられた形跡があった。

図(A)の格納棚には装薬缶が支柱に常時縛りつけられていたが、それも鋭利な刃物で切りはずされ、同じように(B)の棚の上部にあった薬缶二個もはずされていて、計六嚢の火薬が失われていた。

これらの事実から、容易に一つの答が出た。つまり死体となって発見された野〇三等水兵が、なんらかの目的で斧を使って火薬庫の鎖錠を切断し、給与室のドアをこじ開けて火薬格納庫に入り、火薬を持ち出して給与室で火を点じた。火薬は爆発し、野〇三等水兵は窒息死したと推定された。

野〇三等水兵の身辺が徹底的に洗われたが、日常生活に於てもその日の行動からみても火薬庫放火の疑いは深まるばかりだった。その目的は、火薬庫爆発による自殺と判断されざるを得なかった。

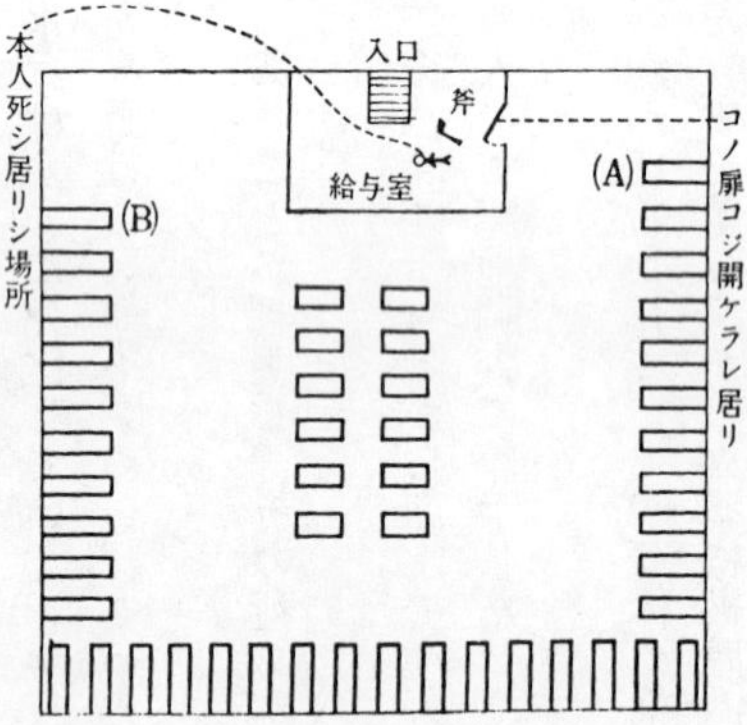

30センチ砲火薬庫の情況（排水後調査）

かれの生家は、農業であった。幼い頃から海軍にあこがれ、志願年齢に達すると両親の反対を押しきって海軍に入団した。そうした積極的な一面がありながら、性格は陰湿で、口数も少く友人もいなかった。

そのうちかれは、幾分精神異常とも思えるような言動をしめすようになり、火災の起きる二週間ほど前には、それがかなりはっきりとした形であらわれた。

その日、かれは照準器の部品を紛失し、それはすぐに発見できたが、かれの顔からは血の気が失われていた。「監獄に入れられる、監獄に入れられる」と口走り、部品が発見され上官や同僚に慰められても、恐怖の色は消えなかった。そして、その後も必要以上に扱い品の紛失におびえ、監獄という言葉をうわごとのように常に口にしていた。

火災発生当日の午前中、野〇三等水兵は上官の叱責《しっせき》を受けた。遺された所持品からもあきらかになったが、かれには幾分盗癖もあったらしく、その日上官の石鹼《せっけん》を無断使用し、上等筆記（准士官《じゅん》）に見つかった。来合わせた掌砲長も加わって、野〇三等水兵はきびしく譴責《けんせき》された。

野〇三等水兵にとって、それは大きな精神的打撃となったらしく、昼食もとらず沈《ちん》鬱《うつ》な表情で黙りこくっていた。

その後の野〇三水の行動に対する証言は乗組員多数から集められたが、守灯番酒井三等機関兵の陳述もその一つである。

午後二時スギ、灯室内奥マリタル所ニアリテ、踞座《きょざ》シテ床上ノ掃除ヲナシ居タルニ、声モナクスーット室内ニ入リ来ルモノアルニ驚キ、何用ニテ入リタルヤト問イシニ、暫時《ざんじ》黙シ居タルモ、稍々《やや》アリテローソクト燐寸《マッチ》ヲ呉《く》レト答エタリ。

「今頃何ノ用アリテ」

ト問イ返シタルニ、只《ただ》何事カ口中ニ呟《つぶや》キナガラ悵然《ちょうぜん》トシテ立チ去レリ。

灯室に入ってきたのは野〇三等水兵であることが確認されたが、ローソクとマッチを要求したというその証言は重視された。野〇三等水兵にはそれを必要とする動機はなく、火薬に点火するため入手しようとしたとしか考えられなかった。

また野〇三等水兵が、火薬庫付近を用もないはずなのに、しばしば徘徊《はいかい》していたことも多くの乗組員の証言からあきらかになった。

守灯番の酒井三等機関兵が入室してきた野〇三等水兵を見てから一時間後の午後三時頃、後部火薬庫を見張っていた一等水兵本間平一郎が野〇三等水兵と言葉を交したことも判明した。

午後三時頃、後部右舷揚弾筒ノ付近ニアルトキ、野○三水後部昇降口ヨリ降リ来リタリ。其《その》際軍服ノ儘《まま》ニテ何物ヲモ携帯セザリキ。

「何シニ来タ」

ト問イタルニ、

「上陸番ダカラ休ミニ来マシタ」

ト答エ、

「コンナ所ニ休ムト甲板士官ニ叱《しか》ラレルカラ、上ニ行ケ」

ト言イタルニ、

「上陸番デハアルガ、休ンデイルト体裁ガ悪クテイケマセン」

ト答エ、

「体裁ガ悪イ事ハナイ。上ノ煙草《たばこ》盆ノ所へ行ケ」

ト重ネテ、

「当番、飯ハ食ッタカ、食ワナケレバ早ク行ッテ食エ」

ト言イタルニ、答エズシテ甲板ニ去リタリ。

この陳述にもあるように、専《もっぱ》ら後部火薬庫のあたりを歩きまわっていた形跡があり、夕刻近くなると前部火薬庫付近に出没するようになった。その姿は、前部火薬庫の監視にあたっていた三等水兵佐藤筆一や、蒸気口をひらくため弾薬通路に降りた水兵部浴室当番一等水兵多田竜吉をはじめ多くの者が目撃していた。

つまり、初めは後部火薬庫をねらっていたが警戒厳重なので断念し、前部火薬庫に忍びこむ機会をうかがい、見張番の巡回のすきをみて潜入したものと推定された。

この野〇平次郎三等水兵が、自殺の手段として火薬庫爆発を企てたのかどうか、私には判断することができない。しかし、火薬庫の鎖錠が切断され、火薬缶が鋭利な刃物で切りはずされていたことを考えれば、あきらかに或る人間によって火薬庫爆発が仕組まれたものと断定することはできる。

しかも、入ることを厳禁されていた火薬庫に用のあるはずもない野〇三等水兵の死体が横たわっていたこと、その傍《そば》に火薬庫の鎖錠を切断した斧があったこと、精神異常と思われる節があったこと、前・後部火薬庫付近をしきりに徘徊していたこと、ローソクとマッチを欲していたことなどを考え合わせると、そこには一つの答しか出てこない。野〇三等水兵の火薬庫放火自殺説を否定するよりは、肯定する方がはるかに自然なのである。

海軍でも、「三笠」の火薬庫災害事故は野○三等水兵の放火によるものと断定、事故日の翌十月四日午後四時五分には、海軍次官から「三笠」を旗艦とする第一艦隊参謀長宛《あて》に、

「『三笠』火災ノ原因ニ関スル電受領ハ、誠ニ寒心ニ堪エザル所ナリ。本件ニ関シテハ、精細ナル調査ヲ進メラルルト共ニ、極秘ニ保タレンコトヲ希望ス。猶《なお》、本日人事局ノ寺岡少佐ヲ舞鶴《まいづる》ニ急行セシメ、犯人ノ故郷ニ於テ其ノ家庭ノ状況・素行等内密ニ探査セシムル筈《はず》」

という暗号電報を打電している。野○三等水兵に対して、はっきりと犯人という表現を使っている。

またその日、第一艦隊司令長官男爵《だんしゃく》出羽重遠《しげとお》から海軍大臣男爵斎藤実《まこと》に、

「『三笠』火災原因ハ、精神ニ異常アリシ三等水兵野○平次郎、斧ヲ以テ火薬庫ノ鍵《かぎ》ヲ破リ、一二吋（三〇センチ）装薬六袋ヲ給与室ニ持チ出シ点火シタルモノノ如シ。野○ハ其ノ場ニ死亡シタルヲ以テ取調ノ手段無キモ、諸種ノ形跡ニ徴《ちょう》シ殆《ほとん》ド事実ナリト認ム」

と、暗号電報による報告もなされている。

なお、火薬庫の火炎は、給与室から前部弾薬通路の中甲板の円孔をつたわってふき上げ、機関兵浴室で入湯を終え体を拭《ぬぐ》っていた者たちに火傷を負わせた。それら死傷者の状況については、「三笠」軍医長天羽恒太郎が左のような報告書を提出している。

「死傷者報告」

全身火傷　重症　一等水兵山形幸作
全身火傷　重症　二等水兵渡辺与一郎
全身火傷　重症　二等水兵種部庄之助
全身火傷　重症　四等機関兵田代峯吉
右肘部《ちゅうぶ》火傷　軽症　二等水兵長森治三郎
左上膊《じょうはく》、腰及ビ両大腿《だいたい》後面火傷　軽症　一等水兵八田孫一
一部火傷　軽症　二等機関兵佐藤守一
一部火傷　軽症　二等水兵外崎熊四郎
一部火傷　軽症　三等機関兵藤本粂蔵
自企的火薬燃焼窒息死　即死　三等水兵野○平次郎

この中の野○三等水兵の「自企的……」という表現は、放火による自殺であると判定した結果である。

この「三笠」災害事故は、日本海軍に大きな衝撃をあたえた。また松本善治中尉の報告書によって、七年前の「三笠」の爆沈が乗組員の行為によるものであることもあきらかになって、海軍中枢部は顔色を失った。一等巡洋艦「磐手」の放火未遂事件につぐ「松島」の爆沈も乗組員の行為による疑いがきわめて濃厚であり、「三笠」爆沈をはじめ四件の火薬庫災害事件がすべて過失又は放火に関連があるということは、日本海軍の本質的な危機であると憂慮された。海軍中枢部は、他艦に於ても類似の未遂事件があったかどうかを探ったが、「三笠」の火薬庫火災事故の前年に、戦艦「富士」（排水量一二、六四九トン）に戦慄《せんりつ》すべき事件の起っていることもあきらかになった。

同艦乗組の某四等水兵は精神異常者で、発作的に弾薬通路で縊死《いし》を企てた。幸い弾火薬庫の番兵であった三等水兵が、事前に発見して某四等水兵を取りおさえた。が、呆《あき》れたことにこの三等水兵も精神異常者で、海軍病院で診断を受けた結果、症状は縊死をはかった某四等水兵よりもはるかに重症であったことが判明した。自殺未遂現場が弾薬通路で、しかも弾火薬庫の監視の任にあたる番兵が精神異常者であったという事実は、火薬庫災害事故発生の危険を十分にはらんだものであった。

軍規の厳正と乗組員の高度な質に自信をいだいていた日本海軍は、相つぐ乗組員の行為による火薬庫災害事故と「富士」の縊死未遂事件にほとんど虚脱状態におちいった。

野〇平次郎三等水兵による「三笠」火薬庫発火事件からわずか一ヵ月半後の大正元年十一月に、またも乗組員の放火による火薬庫爆発事件が発生した。それは、装甲巡洋艦「日進」（排水量七、七五〇トン）で起ったもので、爆沈はまぬがれたが、死傷者十九名を出し艦にもかなりの被害をあたえた事故であった。

八

「日進」の災害事件については、すでに福井静夫氏や飯田信一氏から概略をきいていたが、入手した正式記録によって詳細な事実を知ることができた。

事故は、大正元年十一月十八日午後六時五十分に起った。

「日進」は、同年十月十六日、舞鶴海軍工廠《こうしょう》兵器庫所属の火薬庫から八吋《インチ》（二〇センチ）砲用装薬を搭載《とうさい》し、舞鶴港を出港した。そして、同月二十一日から開始された海軍大演習後、十一月十二日天皇行幸による横浜沖での観艦式に参加、演習も終了したので舞鶴軍港へと向った。その途中、事故発生日の十一月十八日早朝静岡県清水港に寄港し、野砲小銃戦闘一斉《いっせい》射撃訓練を実施、午後四時に終了した。

日没も近づき、一部の乗員は入湯上陸（夕方から翌朝の食事時刻まで許可される上陸）を許可された。事故は、港に碇泊《ていはく》している艦船に灯《ひ》がともった頃《ころ》に起った。「日進」火薬庫爆発事件査問委員会の報告書は、その事故内容を次のように伝えている。

……午後六時五十分、後部八吋（二〇センチ）砲塔付近ニ於《お》テ、突如鉄板ノ墜落スルガ如《ごと》キガタントノ響アリ、続テドドントノ爆声ト共ニ悲鳴呻吟《しんぎん》ノ声起リ、焔煙《えんえん》昇騰《しょうとう》セルニヨリ当時後甲板ニ在リタル当直将校海軍大尉森田良雄ハ、変災ノ後部火薬庫ニ発生セルト察シ、直チニ火災ノ鐘鳴ヲ命ズルト同時ニ、之《これ》ヲ艦長広瀬順太郎ニ報告シ、艦長ハ直チニ六吋及《および》八吋爆薬庫注水ヲ命ゼリ。

時ニ爆烟《ばくえん》ハ後部スクリーンバルクヘット内ニ拡充、咫尺《しせき》ヲ弁ゼズ防火作業頗《すこぶ》ル困難ナリシヲ以《もっ》テ、付近ノ窓、砲門、取入口、発射管前後扉《とびら》等ヲ開放セシニ、爆烟漸次飛散セルモ、尚《なお》残烟ハ中甲板後部六吋揚薬口及八吋弾薬庫出入口ヨリセル防火喞筒《そくとう》ニヨル注水トニヨリ、少時ニシテ消散、七時九分一度弾火薬庫注水ヲ中止スルニ至レリ。

其後排水ノ上検シタルトコロニヨレバ、八吋火薬庫内右舷側《うげんそく》ニ於テ、三段二列ヨリ成ル火薬缶格納棚《だな》ニ格納シアリタル火薬缶中、後列第二段最前部ノモノ一缶（四五口径安式八吋砲常装薬・明治三十三年四月、英国「ノ」社製造九〇番C種目Hニシテ、明治四十五年七月二十六日舞鶴海軍工廠ヨリ受入レタル舞鶴装塡《そうてん》ノモノ七嚢《のう》及明治四十三年十二月九日横須賀海軍工廠ヨリ受入レタル佐世保装塡ノモノ一嚢乃《すなわ》チ四発分在中）燃焼シテ、火焔ハ火薬庫入口木製扉ヲ押開キ、八吋弾庫及六吋弾火薬庫ニ拡充シテ塗具ヲ燻焦《くんしょう》シ、電線ヲ燃損シ、其大部ハ中甲板右舷後部六吋揚薬《やっ》筐《きょう》同揚薬口覆鈑《ふくはん》ヲ破壊シテ中甲板ニ迸出《へいしゅつ》シ、他ノ一部中小口径弾薬庫通風筒金網ヲ破リタルモノハ同庫内ニ、八吋弾火薬庫灯ヲ破壊セシモノハ軸室並《ならび》ニ船匠科倉庫内ニ進出シ、又中甲板左舷後部揚弾筒及同伝声管ヲ通ゼシモノハ、中甲板下甲板八吋六吋弾火薬庫出入口蓋《ふた》ヲ吹キ上ゲ、同覆鈑ヲ毀損《きそん》セシモノハ下甲板ニ迸出セリ。而《しこう》シテ中・下甲板ニ迸出セル火焔ノ為《た》メ、十九名ノ負傷者ヲ出シ、内二名ハ之《こ》レガ為メ死亡セリ。

査問委員会は、火薬庫爆発原因の調査に着手、最も恐れている放火又は過失によるものかどうかに調査の焦点をしぼった。
まず、発火個所である後部二〇センチ砲塔火薬庫内に侵入できるルートがしらべられた。が、この火薬庫への侵入可能の方法としては、
㈠　二〇センチ砲塔弾庫とそのすぐ上にある一五センチ砲塔弾庫の出入口より入る方法
㈡　中甲板にある狭い一五センチ砲塔揚薬口をすりぬける方法
の二つが考えられた。
しかし、そのいずれの出入口の扉の鍵も、きわめて厳重に保管され、午後六時五十分の爆発時にも鍵が完全にかかっていたことが確認された。
査問委員会は、それだけでは満足せず、爆発前に何者かが時限爆弾と同様の発火装置を仕掛けたのではないかと疑った。つまり爆発時刻以前に、火薬庫内に潜入した者がいたかどうかが調査の焦点になったのだ。
この点については多くの者から証言が集められたが、掌砲長属の岡本一等兵曹《へいそう》は、
「同日午後二時、火薬庫内ノ温度ヲ検査スルタメ庫内ニ入ッタガ、庫内ニハ何等異常ヲ認メザリシ」
と、述べた。

また掌水雷長島田上等兵曹も、

「同三時二十分頃、水雷発射薬格納ノタメ火薬庫ニ入リシモ、何等異常ヲ認メザリシ」

と報告、この二証言によって、もしも鍵を盗んで火薬庫に侵入した者がいたとすれば、その時刻は、午後三時二十分から爆発時の午後六時五十分の間と推定された。

その後調査が進むにつれて、だれかが事前に火薬庫に潜入したのではないかという疑いは薄れていった。

その日火薬庫の入口で監視に当っていた番兵椎野丑蔵一等水兵は、午後三時二十分以後火薬庫に出入した者は一人もいなかったと断言した。

それに、火薬庫の鍵を盗むことは、到底不可能と思われた。鍵は二個あって、一個は砲術長私室に、一個は水雷長私室に保管され、それぞれの部屋の前には鍵番兵が二十四時間立哨《りっしょう》して監視に当っている。私室には砲術長、水雷長もいるし、それら多くの者の眼を盗んで鍵を盗み出すことは至難であった。

たとえなんらかの方法で鍵を盗み出すことに成功したとしても、火薬庫に通ずる二つの入口には番兵が立ち、そのすきをうかがって火薬庫に潜入し、再びもとの状態に錠をし、さらに鍵を砲術長・水雷長室にもどしておくことなど想像すらできなかった。

これらの証言と厳重な火薬庫管理状態を綜合《そうごう》した結果、査問委員会は、

「此《こ》ノ間、火薬庫内ニ潜入シタルモノナカリシト認ム」

という結論を下した。

火薬庫内の調査結果でも、導火線等を仕掛けた形跡はなく、導火線等の燃えかすなども発見されなかったので、

「右ニ依《よ》リ、本件燃焼ハ人為的ニ出《い》デタルモノニアラザルコト確実ナリト認ム」

と断定し、火薬庫火災の原因はイギリス製火薬の自然発火と査定した。

査問委員会は、海軍大佐鈴木貫太郎を委員長に、海軍造兵大監工学博士楠瀬熊治《くすのせくまじ》、海軍中佐四元賢助、主理吉村幹三郎、海軍少佐古川四郎、同飯田包亮、同土肥金在、同子爵松平保男《もりお》の八名の委員によって構成されていた。

この査問委員中楠瀬造兵大監は、査問委員会の「人為的ニ出デタルモノニアラザルコト確実」という結論に反対し、さらに調査を進めるよう力説した。しかし、楠瀬委員の主張は容《い》れられず、結局火災原因は火薬の自然発火と確定した。

この事故の重傷者は、二等兵曹中野新一郎、三等兵曹小白川佐吉、同北本甚作、一等水兵小林藤吉、二等水兵伊藤松四郎、同清水清之助、同小口泰三、同鈴木友蔵、三等水兵佐藤玉三郎、同秋田作松、二等機関兵河上玉一で、小白川三等兵曹、佐藤三等

水兵は入院後死亡した。また中等傷者は、二等兵曹桐谷安治、一等水兵堀井健次郎、二等水兵中村作次郎、四等水兵渡辺兵之助、一等機関兵斎藤三吉、軽傷者は、二等機関兵曹吉本謙吉、一等水兵樋口広治、二等機関兵南外次郎であった。

私は、査問委員会が「日進」の火薬庫火災事故の原因を自然発火と結論づけていることを意外に思った。

「陸奥」爆沈事故査問委員会の法務担当委員飯田信一氏（当時法務中佐）も軍艦研究家の福井静夫氏も、「日進」の火薬庫に発火装置をしかけた乗組員の一人が、山の上から爆発をひそかに見下ろしていたと話してくれた。殊《こと》に飯田氏は、記憶は定かでないがと前置きして後に犯人が京都（？）で強盗をはたらき警察に逮捕され、その折の自供によって「日進」の火薬庫放火が明るみに出たとも説明してくれた。

飯田氏と福井氏の話が事実なら、「人為的ニ出デタルモノニアラズ」と断定した「日進」火薬庫爆発事件査問委員会は、重大な過失をおかしたことになる。そして、放火の疑いもあるとして調査続行を主張した楠瀬熊治造兵大監の意見を封じた鈴木貫太郎委員長以下委員たちは、厳しく責任を問われねばなるまい。

私は、「日進」の火薬庫爆発事件が果して飯田氏や福井氏の言葉通り一乗組員の放火かどうかを探るため、軍法会議の記録を当ってみた。もしも一乗組員が放火を企てさらに強盗をはたらいたことが事実だとしたら、軍法会議で当然処罰されているはずだった。

予感は、適中した。事件後三年近く経過した大正三年の軍法会議記録中に、古田三吉という強盗殺人犯人に対する判決書を発見したのだ。

今まで私は、「磐手」の放火未遂者を中○清、「三笠」の火薬庫火災事件の重要容疑者を野○平次郎としてその氏名の一字を伏せたが、この事件の犯罪は確定的で、しかも殺人方法が残虐《ざんぎゃく》なので、その必要はあるまいと思う。

古田三吉に対する舞鶴鎮守府軍法会議は、判士長九津見雅雄《つねお》海軍大佐ほか四名の判士によって、大正三年七月七日に次のような判決を下している。

判決書

予備役二等兵曹　　古田三吉

右之者ニ対スル強盗殺人被告事件ニ付、審理ヲ遂ゲ、判決スルコト左ノ如シ

主文

被告三吉ヲ死刑ニ処ス

被告古田三吉は強盗殺人犯人であると同時に、装甲巡洋艦「日進」の火薬庫放火犯人でもあった。そのため海軍は銃殺刑に処したのだが、その犯行に至るまでの経過は判決書に詳細に述べられている。

三吉は、北陸の農家の四男として生れた。

幼い頃から頭脳が他人よりすぐれているという自負が強く、陸・海軍の将校か弁護士になりたいという希望をいだいていた。しかし、生家は貧しく進学を許す経済的余裕に欠けていた。かれは、将来に対する希望を失い、小学校卒業と同時に大工の徒弟となった。

明治三十五年六月一日、十九歳になったかれは親族のすすめで海軍に入団、五年後には下士官に任官した。

かれは、しきりに進級をねがったが、小学校卒という学歴が災いして思うようにはならない。同期の者が自分を越えて栄進してゆくことにはげしい不満をいだくようになっていた。

翌明治四十一年、かれは、旅人宿を営む加藤平兵衛の娘トメを妻として迎え入れた。

トメは虚栄心の強い女で舞鶴市内に所帯をもったが、日常生活は贅沢《ぜいたく》で、その出費が三吉にとって大きな負担となった。

明治四十三年九月十六日、かれは、「日進」乗組を命ぜられた。海軍に入隊してから、すでに八年余が経《た》っていた。

かれは、砲員として一等下士から准《じゅん》士官への道を進みたいとねがった。他人よりもすぐれた才智《さいち》に恵まれているし、その資格は十分に備わっていると思いこんでいた。その根底には妻トメに対する面子《めんつ》もあって、栄進の願いは異常にたかまった。

しかし、明治四十五年五月一日の定例の人事発表は、かれの希望を完全にうちくだいた。二等下士として、弾薬庫長に任ぜられたのである。

弾薬庫長という役職には、特殊な意味があった。砲員は、高等科掌砲証状取得者と普通科掌砲証状取得者に二大別され、古田は、小学校卒という学歴のためもあって普通科掌砲証状しか与えられていなかった。弾薬庫長は普通科掌砲証状を持つ砲員の閑職ともいうべきもので、その職に任ぜられたことはそれ以上の進級を断たれたことを意味していたのだ。

古田の不満はつのった。海軍に入ってから十年、上官は自分の才能を認めようとはせず二等下士として海軍生活を終らせようとしている。一等下士への栄進をねがっていたかれにとって、その人事発表は大きな打撃となった。かれは、悶々《もんもん》として日を過した。同僚の中には一等下士に進級した者が多く、それらを上官として扱わねばならぬことは、自尊心の強いかれにとって堪えがたい苦痛であった。

かれの不満は、憤《いきどお》りへと化していった。かれは、上官を憎悪《ぞうお》し海軍に激しい恨みをいだくようになり、やがてそれは異常な行為としてあらわれるようになった。

大正元年十月十二日、かれは「日進」艦長広瀬順太郎大佐宛《あて》に脅迫文に類した無署名の手紙を送った。その要旨は、

「実務ニ劣レル高等科掌砲証状ヲ有スル者ヲ進級セシメ、実務挙レル普通科掌砲証状ヲ有スル者ヲ進級セシメザルコト誠ニ遺憾《いかん》ナリ。モシ之ヲ改メザレバ、大演習中大騒動ヲ惹起《じゃっき》セシムベシ」

といった内容であった。

古田は、その手紙の効果を信じ、艦の上層部の気配をうかがっていた。が、かれの期待に反して手紙の反応は全くなかった。

かれの胸に、憤りがふき上げた。艦長は、自分の送った手紙を愚かしいものとして黙殺してしまったにちがいない。かれの自尊心は、深く傷つけられた。

手紙には、「大演習中大騒動ヲ惹起セシムベシ」と書き記した。その手紙が、単なる脅しではないことを思い知らせるためにも、大事故をひき起してやろうと決意した。それには、火薬庫に放火して「日進」を爆沈させるにかぎる。もしも企てが成功すれば、艦長以下上官たちは重大責任を問われ、海軍全体にも大打撃をあたえるにちがいないと思った。

「日進」は、十月二十一日から開始された大演習に参加した。かれは、演習中放火の機会をねらっていたが、火薬庫爆発に伴なう死の危険に、身をさらす気は毛頭なかった。たとえ乗組員多数が死傷しても、自分だけはその災厄《さいやく》からのがれたかった。

やがて十一月十二日、横浜沖での観艦式を最後に大演習は終了し、「日進」は舞鶴への帰途につき同月十八日早朝清水港に寄港した。古田は、ようやく自分の計画を実行に移す絶好の機会がやってきたのを感じた。午後四時に射撃訓練終了後、清水に入湯上陸を許可される者の中に自分も加えられたことを知ったからであった。

その日、古田は、弾薬庫長として庫員数名をつれ、武器手入れのため後部二〇センチ砲塔弾薬庫に入った。そして、作業を督励する風を装いながら、部下の眼を盗んでひそかに弾薬庫の下部にある火薬庫へ通じる扉の螺旋《らせん》錠をはずし、素知らぬ表情で部下とともに弾薬庫の外に出た。

午後三時すぎ、かれは再び巧妙に弾薬庫の中に潜入すると、こわれた錠の代りに細い綱でしばりつけてあるだけの火薬庫に通じる扉を開けて火薬庫に忍び入った。庫内を物色後、火薬庫右舷側にある三段二列の火薬缶格納棚から、後列第二段最前部にあった四五口径安式二〇センチ砲常装薬四発分の入っている薬缶の蓋をこじあけ、その中の伝火薬を露出させた。そして、兵員便所から盗み出した喫煙用火縄《ひなわ》の一方を伝火薬の中に突き入れ、火縄の他の一方の端に火を点じた。

火縄の長さは約三五センチで、かれの予想では二時間後に火が伝火薬の位置に達するはずだった。

一種の時限発火装置を仕掛け終えた古田は、再び侵入ルートを逆もどりして弾薬庫の外に出た。そして、一般上陸者とともに艦をはなれ、清水の町に上陸した。

古田が山の頂きから「日進」の火薬庫爆発を見下ろしていたという説はあやまりである。かれは、港の海岸に近い飲食店で酒を飲みながら、港に碇泊している「日進」を見守っていたのである。

時計の針が、午後五時半をまわった。火縄の端に火を点じてから約二時間が経過した。かれは、爆発の起るのを息をひそめて待った。

しかし、午後六時をすぎても「日進」には異常が起らない。すでに夜の闇《やみ》がひろがり、「日進」をはじめ港内に碇泊する艦船にも灯がともった。

かれは、落着きを失った。火縄が燃えつきる時刻は過ぎている。伝火薬には火縄を確実に突き入れたし、火が伝火薬にふれればたちまち発火し、火薬庫の中の数十個の装薬缶の爆発を促すはずだった。が、二時間半も経過しながら爆発の起らないのは、火縄の火が消えたためではないかと思った。

かれは、自分の企てが失敗したことを知り、自棄《やけ》気味に酒をあおった。が、火縄に火を点じてから、三時間二十分すぎた頃、突然港内に火の色がみえた。と同時に爆発音が起り、飲食店にいた客もうろたえて立ち上った。かれの期待通り、「日進」の火薬庫が爆発したのだ。

しかし、その事故は火薬庫への注水が敏速におこなわれたため、火災が発生してから十九分後の午後七時九分には鎮火した。

かれは、他の乗組員とともに急いで帰艦し、重軽傷者が十九名（後に二名死亡）が出たことを知った。

査問委員が、東京から急派されてきた。古田は、自分の行為の発覚をおそれた。が、調査は十日間ほどで終り、事故発生後十一日目の十一月二十九日には、事故原因が火薬の自然発火によるものという結論が下されたことを知った。

かれの不安は、消えた。が、同時に不満でもあった。周到な準備のもとに企てた自分の行為は、なんの結果も生まない。伝火薬に突き入れた火縄の火薬はまちがいなく装薬缶を爆発させたが、他の装薬缶の誘発までには至らず艦も爆沈しなかった。小破した艦も短期間で修理を終え、事故前と少しも変らぬ艦上生活がつづけられている。

かれは、自分の行為が無為に終ったことに失望した。

かれは、不満を押えつけておくことのできる人間ではなかった。感情が激すると、すぐにそれを行動に移さねばおさまらぬ性格だった。広瀬艦長に無署名の手紙を出したのもそのあらわれだが、以前にも脅迫文を「日進」乗組の千谷定衛海軍中尉に送ったこともある。

古田は二年前まで巡洋艦「吾妻《あづま》」に乗組んでいたが、同艦乗組の千谷中尉は謹厳な士官で、部下の教育にも厳しかった。古田は、千谷中尉の教育方針に反感をいだき、たまたま同じ「日進」乗組になった千谷中尉宛に、

「海軍卒ヲ殴打《おうだ》シタルニ因《よ》リ、其《そ》ノ御恩トシテ二、三十名ニテ御前ノ家ヲ夜間攻撃スル。馬鹿亭主、此ノ一週間バカリノ内ニダイナマイトヲ抛込《なげこ》ムニ依リ注意セヨ。貴様ヲ早ク殺ス積リ」

という過激な内容の手紙を送った。しかも、同文のものを明治四十五年六月十二日、十六日、二十日、二十二日と四回にわたって送るという執拗《しつよう》さであった。

大正二年が明け、春も過ぎ夏がやってきた。

かれは、はげしい苛立《いらだ》ちにおそわれていた。十月三十一日付で現役満期除隊となり、十年余にわたる長い海軍生活にも別れを告げ、帰郷しなければならない。

かれの虚栄心が、頭をもたげた。日頃《ひごろ》妻との分不相応な贅沢な生活とかれ個人の遊興で、貯えらしいものはなにもない。帰郷するには服装も新調したいし、親戚《しんせき》知人にも土産物を持参したい。海軍の名誉ある下士官として、華やかな帰郷がしたかった。

かれは、それらの費用を得るための手段として強盗を思いついた。舞鶴海兵団の小銃を盗み出し、それを手に民家に押入ろうと企てた。

除隊が二カ月後に迫った八月二十四日夜、巡検将校に随行して巡検中、古田は、同海兵団砲術雛《ひな》形《がた》室の北側の窓二つのうち東側の窓の締りがこわれているのに気づき、勤務を終えた後、ガラス窓を押しあけて侵入した。そして、部屋の東側に設けられている棚《たな》の中央部にあった三十五年式の海軍銃（二一三五八号）をつかみ、ガラス窓から外へ出た。

かれは、それを同海兵団庁舎の裏手にある山中にかくして隊にもどった。

小銃についで銃弾の入手を企てた古田は、翌二十五日朝から同海兵団火薬庫へ侵入の機会をうかがっていた。が、その日は舞鶴鎮守府連合小銃懸賞競技大会の予行訓練がおこなわれることになっていて、代表選手を参加させる同海兵団では、すでに小銃弾を野砲庫と掌砲科倉庫に移していた。

それを知った古田は、午後一時頃野砲庫に忍びこみ、十五発入り小銃薬包一袋を盗んで服のかげにかくし庫外に出た。

午後、外出許可をあたえられた古田は自宅へ帰ると、強盗をはたらく準備をととのえた。

夕食後、かれは小銃弾を懐中に家を出ると、新舞鶴町北吸《きたすい》郵便局裏手から暗い山路をたどり、海兵団庁舎裏の山中に入って、かくしておいた小銃を取り出した。そして、弾丸を装塡《そうてん》し道芝トンネル東口に出ると、山路のかたわらの杉皮の下に小銃をかくして、押入る民家をさがした。

かれは、一軒の質店に眼をつけた。京都府加佐郡倉梯《くらはし》村字森の高橋俊二経営の店で、家の内部をうかがったが、気が臆《おく》して押入る勇気は湧《わ》かなかった。

かれは、その夜は断念して、小銃を路上に落ちていた古い蓆《むしろ》に包み、新舞鶴町共済会病院脇《わき》の粟畑《あわばたけ》の中にかくして帰宅した。

一日置いた八月二十七日夕食後、かれは粟畑にかくしておいた小銃をとり出し、軍港引込線のトンネルを通りぬけた。蓆につつんだ小銃をさらにゴザでくるみ、荷物のようにしてかかえた。

民家に押入るよりは路上強盗の方が容易だと思い、余部《あまるべ》町から西舞鶴町に通じる路の物蔭《ものかげ》に身をひそませて通行人のくるのを待った。

そのうちに細かい雨が、降りはじめた。かれは、雨合羽《あまがっぱ》を羽織りたくなり、雨の中を歩いて行くと、余部町の川端キミ方の軒先に古い雨合羽がかかっているのに眼をとめ、それを盗んで身につけた。雨合羽は、川端方で知人から借用したものを軒先にぶら下げていたものであった。

夜道を歩き出した古田は、前々夜ねらいをつけた高橋質店に今夜こそ押入ろうと決意した。そして、倉梯村に入ると同質店の前を通りすぎてから、東隣にある弥加宜《やかぎ》神社に身をひそませ同店の様子をうかがった。

午後九時三十分頃、古田は、両眼の部分だけに穴をあけた手拭《てぬぐい》で顔をおおい、同質店の入口に立つと戸をたたいた。

「願います、願います」

と、かれは声をかけた。

就寝しようと思っていた店主高橋俊二の妻フミは、

「どなた」

と、耳をすました。

古田は、それには答えず、

「願います、願います」

と、くり返した。

フミは、客と思い戸を開けると、無言で古田が土間に入ってきた。眼の部分に二つ穴のあいた手拭で顔をつつむ古田の異様な姿に、フミは体をすくませ夫を呼んだ。

奥から出てきた店主高橋俊二は、土間に立つ男を賊と直感したが冷静な口調で、

「なにか御用ですか」

と、言った。

古田は、包みから出した海軍銃の銃口を高橋に向けると、

「これで五拾円貸せ」

と、言った。

高橋はうなずき、金銭をとりに行くふりをして奥座敷に入ると突然、廊下を走り外に出て助けを呼ぼうとした。そのあわただしい足音に、古田は、驚愕《きょうがく》して一物もとら

ず同質店を逃げ出した。

雨は、小降りになっていた。

古田は、高橋質店で不覚をとったことがいまいましくてならなかった。失敗したことで気が臆するというよりはむしろ大胆になり、路上で強盗をはたらこうと道芝トンネル東口付近を徘徊《はいかい》した。

そのあたりは蚊の羽音がはげしく、再び歩き出し、鏡智院の入口から西方約半丁ほどの北側の路傍にたたずんだ。雨はやんで、霧が湧いていた。かれは、長い間その場に立って、闇の中をうかがっていた。

路は、ゆるい坂になっていた。その坂の下方から、人声が近づいてきた。

霧の淡く流れる闇をすかしてみると、客を乗せた人力車が坂をのぼってくる。車の上の客は、酒でも入っているのか機嫌《きげん》よさそうに声高に話し、車夫も愛想よくそれにこたえている。

人力車に乗っていたのは、余部町榎川通四丁目二百三十三番地に寄留していた四方鶴吉という舞鶴海軍工廠の職工で、車夫は奥村豊吉であった。

古田は、路傍の草叢《くさむら》の中に身をかくした。

眼の前を、人力車が通りすぎた。車上の客は、服装、態度から察してかなりの金銭を所持しているように思えた。

古田は、上り坂を徐行してゆく人力車をひそかに尾《つ》けた。そして、道芝トンネル東口から東方約三丁北吸の西端にあたる場所にくると、足をとめて銃をかまえた。人家から五丁ほどはなれた人気のない場所であった。

引金を引くと、銃弾は四方鶴吉の左胸部に命中、鶴吉は即死した。

古田は、銃を擬して車夫の奥村豊吉を威嚇《いかく》しながら、車上で絶命している鶴吉の帯の間から小型のニッケル懐中時計一個と、袂《たもと》をさぐって五円紙幣、一円紙幣それぞれ一枚と十銭銀貨六個をぬきとり、その他ゴールデンバット二本、三文判、半紙二枚をも奪った。

車夫の奥村は身をすくめていたが、気丈にも、

「バカ」

と、叫んだ。

古田は立腹して引金をひいたが、銃弾は奥村の体をそれた。

奥村は、人力車を置いて逃げ、古田も強奪品を懐《ふところ》にして逃走した。

古田は、途中殺人現場から約二丁東の南側路傍に小銃を投げ捨て、さらに東方約三丁の路傍に雨合羽も捨てた。

これが、事件の概要である。

判決書その他の記録には、どのような経過で古田三吉が強盗殺人容疑者として逮捕されたのかは書き記されていない。ただ、高橋質店店主、同妻フミ、その他車夫奥村豊吉ら多数の証人喚問がおこなわれ、また両眼だけくりぬいた手拭の発見と、小銃、雨合羽を遺棄した場所なども符合するなど、古田の自供が悉《ことごと》く立証されたことが記されている。

また余罪追及中に古田は、「日進」の火薬庫爆発事件の自供もおこなった。強盗殺人罪として極刑を覚悟したかれは、「日進」の火薬庫放火を自供、これも実地検証によって自白内容が確認された。

軍法会議の判決にしたがって、被告古田三吉は銃殺刑に処せられた。

この古田の自供は、海軍部内に大きな動揺をあたえた。

装甲巡洋艦「日進」の火薬庫爆発事件は、同事件査問委員会によって「人為的ニ出デタルモノ」ではなく自然発火によるものと査定された。それが古田三吉の自白によって完全にくつがえり、計画的な犯行であることが明白になったのである。

査問委員会は重大な誤認を犯し、その責任は鋭く追及された。しかし、そのことよりも「三笠」爆沈、「磐手」火薬庫放火未遂、「松島」爆沈、「三笠」火薬庫火災の四例の事故中、「三笠」の二事故と「磐手」の一事故の原因は確実に乗組員の放火又は過失によるものであり、「松島」もその疑い濃厚という事実に加えて、装甲巡洋艦「日進」の火薬庫爆発事件も一乗組員の計画によると判明したことは、日本海軍にとって余りにも衝撃的であった。

日清戦争の黄海海戦、日露戦争の日本海海戦等に圧倒的勝利をおさめた日本海軍は、造艦技術の急速な向上と艦艇保有量の増大によって、世界第一流の海軍国としての地歩をかためていた。

そうした輝かしい栄光につつまれた日本海軍にとって、相つぐ乗組員の行為による艦艇の爆沈、火薬庫火災事件は、威信を完全に失墜させる不祥事であった。それは、乗組員の質の低劣さから発したもので、日本海軍は、それらの事故を根絶するため一層軍律を厳正にするよう努めた。

だが皮肉にも、海軍当局の願いは空《むな》しく裏切られ、「日進」火薬庫爆発事件の五年後にはまたも軍艦の爆沈事故が発生した。爆沈したのは巡洋戦艦「筑波」(排水量一三、七五〇トン)で、事故発生日は大正六年一月十四日であった。

それまで日本海軍の保有する艦艇のほとんどは外国で建造され購入したものばかり

で、国産の最大艦「橋立」もフランスから招聘《しょうへい》した海軍造船大佐エミール・ベルタンの設計になるものだった。

そうした外国依存の実情を憂《うれ》えた日本海軍は、「橋立」の数倍の排水量をもつ純国産の大型装甲巡洋艦（後に巡洋戦艦と改称）の設計・建造を計画、その第一号艦を明治三十八年初めに呉海軍工廠で起工、明治四十年一月十四日に完成した。それが、「筑波」であった。

「筑波」は、三〇センチ主砲四門、一五センチ口径、一二・七五センチ口径各十二門の副砲を装備した速力二〇・五ノットの当時の世界屈指の強力新鋭艦であった。その建艦設計と技術は、ほぼ同時に着工した世界最大の戦艦「薩摩」（排水量一九、三七〇トン）「安芸」（排水量一九、八〇〇トン）につづいて、世界最大最強の戦艦「扶桑」（排水量三〇、六〇〇トン）などの建造をうながす因ともなったのである。

「筑波」は、事故発生当時横須賀軍港第二区の第九号浮標に繋泊《けいはく》中であったが、午後三時十五分頃、突然蒸気のもれるような音が艦内から起った。同時に、前部砲塔にうがたれた眼孔と、天蓋《てんがい》の昇降口から火炎が噴出、つづいて轟音《ごうおん》とともに前檣《ぜんしょう》と第一煙突の間からもすさまじい爆発性の火炎がふき上った。その火柱は、マストの上部にまで達し、上方は黒色、中央から下方にかけては茶褐色《ちゃかっしょく》と白色の混った色に染まった。

たちまち艦は、前方と左舷《さげん》方向に傾斜し、蒸気発生後約五分間で沈没した。

事故発生が昼間であったことから乗組員の脱出は比較的容易であったはずだが、瞬間的な沈没のために犠牲者は多かった。

爆沈時の在艦者は七百五名で、このうち死者九十名（負傷後死亡一名を含む）、負傷者三十五名、行方不明者六十一名（死亡確実）計百八十六名の死傷者を数えた。

査問委員は、装甲巡洋艦「日進」の査定に重大な誤りのあった前例を反映して、人選は慎重をきわめ、各部門からすぐれた専門家が指名され就任した。

査問委員長は海軍少将加藤寛治《ひろはる》、委員には海軍火薬研究の最高権威者であった海軍造兵総監楠瀬熊治、造艦設計の英才海軍造船大監平賀譲《ゆずる》、同中監諏訪小熊をはじめ造兵中監塚本直、海軍大佐野崎小十郎、同少佐黒川怜、佐々木革次、高松公春、同大尉雨宮厚作、谷地三郎、主理杉山義太郎の十二名が任命された。

査問委員会は、横須賀に集合し調査に着手した。

目撃者の証言を綜合《そうごう》した結果、「筑波」爆沈の経過は、前部一五センチ副砲火薬庫にまず爆発が起り、そこから噴出した火炎と高熱が一斉《いっせい》に三〇センチ主砲火薬庫に移り、大爆発となったことが確認された。

ついで査問委員会は、爆沈原因の究明に取り組み、

一　火薬ノ自然爆発カ？

二　艤《ぎ》装《そう》上ノ欠点カ？（火薬庫内の電線配置の不備によって漏電が起きたのではないかという意）

三　人為的行為ノ爆発カ？

の三点に調査の焦点をしぼった。

まず自然爆発の可能性について、「筑波」に搭載《とうさい》されていた火薬が徹底的に調査された。

爆発個所の一五センチ副砲火薬庫に格納されていた火薬は、50ＭＤＣという薬種の134143という種目のもので計千二百発分であった。これと同種の火薬は、火薬廠内で定期的に試験検査がおこなわれていたが、あらためて検査した結果、火薬の変質は全く認められずきわめて安定性の高いものであることが立証された。また134種目のものは製造されてから一年八カ月、143種目のものは一年三カ月と薬齢も新しく、それらを検討した査問委員会は、火薬の自然爆発の疑いはないと断定した。

つぎに艤装上の欠点の有無が調査されたが、電路その他に不備な点は発見できず、結局第三の「人為的行為ノ爆発カ？」という疑惑のみが残された。

査問委員会は、「筑波」の弾火薬庫の鍵《かぎ》の保管方法について調査したところ、意外にも厳正であるべきはずの鍵の取扱いが杜撰《ずさん》なままに放置されていることをつかんだ。

弾火薬庫の鍵は、平常艦長室にある鍵箱の中に保管され、鍵の数は三個であった。鍵箱にはさらに第二の鍵がかけられていて、その鍵は当直将校が携行していた。当直将校は、毎日午前七時半に鍵箱をあけて弾火薬庫に温度・湿度検測等で出入りする掌砲長属、掌水雷長属（共に下士官）に、弾火薬庫の鍵を渡す。そして、午後七時半に、掌砲長属、掌水雷長属から鍵の返還を受け、これを艦長室の鍵箱におさめていた。

この点が、まず定められた鍵保管の規則から甚《はなはだ》しくはずれていた。当直将校は、弾火薬庫に入る必要を認めた者に鍵を渡し、出庫後すぐに返還させるべきであるのに、午前七時半から午後七時半までの十二時間、掌砲長属、掌水雷長属にあずけ放しにしておいたことはあきらかな規則違反であった。

また鍵を委託された掌砲長属、掌水雷長属の鍵の管理方法も、論外だった。査問委員は、爆沈後引揚げた艦の掌砲科、掌水雷科それぞれの要具庫に、火薬庫の鍵が無造作に掛け放しになっているのを発見し唖然《あぜん》とした。掌砲長属、掌水雷長属は、鍵を自室に保管せず要具庫に放置していたのだ。

さらに驚くべき事実も明白になった。「筑波」に供給された弾火薬庫の鍵の数は十個なのに、艦長室の鍵箱におさめられていた三個以外の七個の鍵の行方がわからない。

結局それは掌砲長、掌水雷長が個人で保有しそれぞれの私室に置いてあることが判明したが、艦長、副長、砲術長、水雷長は、その事実を全く知らなかった。

このようなふしだらな鍵の保管法からみて、もしも弾火薬庫に潜入しようと試みる者があれば、その盗用はきわめて容易であると判断された。

弾火薬庫内の温度、湿度の検測は定時におこなわれなければならないが、その規則も実行されていないのではないかと疑われた。その点については、掌砲科要具庫から収容した一個の死体が、疑惑を消し去った。遺体は検測当直者海軍二等兵曹長尾亘吉《へいそう》で、その日鍵を手に中甲板を歩くかれの姿を二、三の者が目撃していた。また検温控帳には午前八時と午後二時に同人の筆蹟《ひっせき》で温・湿度が記載されていることから、長尾二等兵曹が規則通り検測をおこなったことがあきらかになった。

なお、艦内の軍紀を監視する衛兵について調査した査問委員会は、

「一般ニ衛兵勤務ノ状態ハ、厳正ナラザルモノアリト認ム」

というきびしい査定もくだした。

このような諸事実を基礎にして査問委員会は、不審な行動をとった者の究明に乗り出した。

まず乗組員以外の外来者の有無が探られたが、当日艦に乗ってきた者は六名であっ

た。

午前十一時三十分、酒保商人、靴屋《くつや》、本屋、時計屋がやってきたが、午後二時三十分に退艦。また月岡機関兵曹長の面会人二名が訪れ、これも午後三時十分の「筑波」発の定期艇で退艦していた。これらの者に対して徹底的な身辺調査がおこなわれたが、疑惑をさしはさむ余地のある者は一人もいなかった。

また乗組員の中に「危険思想者及間諜《およびかんちょうそ》其ノ他売国奴、犯罪隠蔽者《いんぺいしゃ》又ハ精神病者」の有無がたしかめられたが、それに該当する者も見当らなかった。

査問委員会は、さらに「失意又ハ怨恨《えんこん》者ノ自殺的行為ノ有無」についての調査に入ったが、そこに忽然《こつぜん》と一人の水兵が浮び上った。それは市○彦市という二等水兵で、爆発当日盗みをはたらいたため上官からきびしく叱責殴打《しっせきおうだ》され、その折の態度から自殺行為に走った疑いが濃厚だと判断された。市○二等水兵は死亡と認定されていたが、その死体が艦の内外から全く発見できなかったことから考えてみて、火薬庫の中で肉体が飛散したのではないかとも推察された。

査問委員会査定書には、市○彦市二等水兵に疑惑の眼を向けた事情を次のように書き記している。

右市○彦市ハ、爆発当日午前九時四十五分頃、先任衛兵伍長室ニ於《おい》テ安全剃刀《かみそり》（貴重品ト誤認セルモノカ）ノ在中セル他人宛《あて》ノ到来信書一通ヲ窃取シ、之《これ》ヲ先任衛兵伍長《ごちょう》ニ発見セラレ、分隊点検後同伍長室ニ於テ訊問《じんもん》サレ且《かつ》身体ヲモ殴打セラレ、或《あるい》ハ衣嚢《いのう》、被服、手箱等ノ点検ヲモ受ケ、午食ヲナスノ暇モナク以《もっ》テ午後ニ及ビ、続テ約十分間衛兵司令ニ依《よ》リ右犯行ニ関シ訊問セラレ、同午後零時三十分頃ヨリ約二時間ニ亙《わた》リ水雷長室ニ於テ更ニ鳥野水雷長兼分隊長ノ取調ヲ受ケタルモノニシテ、其ノ取調中彦市ハタダ一時ノ出来心ノミナリト言イ、敢《あえ》テ他ノ弁疏《べんそ》ヲ為《な》サズ首ヲ垂レ涙ヲ流シ居ルノミニテ、午後二時三十分頃右分隊長ガ、同室ヲ去レト命ジタルモ逡巡《しゅんじゅん》躊躇《ちゅうちょ》容易ニ去ラズ、暗ニ何物ヲカ言ワント欲スルガ如《ごと》キ態度ナリシモ、重ネテ立チ去レト言ワレタルニヨリ初メテ同室ヲ立出デタリ。

（氏名伏字は筆者）

この記述によると、市○彦市二等水兵は、午前九時四十五分から午後二時三十分まで午食もとらされず四時間四十五分叱責を受け殴打されたことになる。市○二等水兵の精神的打撃は大きく、それは首を垂れ涙を流し水雷長室を立ち去りかねていたという態度によくあらわれている。その打ちしおれた様子に、水雷長も市○二等水兵がなにか思いつめた行動に出るような危惧《きぐ》を感じたらしく、次のような叙述がつづいている。

水雷長ハ、同人（市〇彦市）ガ退出セントスル時ノ挙動ニ怪シキ点アルニ気付キ、直チニ尾行ヲ企テ右舷後部「スクリーンバルクヘット」ヨリ中甲板ヲ左舷側ニ廻《まわ》リ追躡《ついじょう》シタルモ、遂ニ目的ヲ果サズシテ士官賄所《まかないしょ》直後ノ「ハッチ」ヨリ上甲板ニ上レリ。而シテ其ノ後ニ於ケル彦市ノ行動居所等ハ、全ク不明ナリ。

而シテ同人ハ、午前分隊点検後先任衛兵伍長ノ取調ベヲ受ケシトキヨリ常ニ監視ヲ付セラレシガ、水雷長ノ退出ヲ命ゼシトキハ全ク監視者ナシニ解放セラレタルモノナリトス。

つまり水雷長は尾行したが、市〇二等水兵の姿を見失い、その後の行方を知ることはできなかったのだ。

市〇二等水兵は、大正三年八月二十九日、四等水兵として「筑波」に乗艦し、掌水雷科要具庫員となった。大正五年十二月からは同庫当番となり、その年の冬期休暇の折には、帰郷者の代りに掌水雷長属の補助となって火薬庫の温・湿度検測に従事し火薬庫に出入りしている。

魚雷発射火薬の現品調べのために、爆発個所である前部一五センチ砲火薬庫に出入りしたこともあり、掌水雷科で扱う火薬庫の鍵や火薬その他危険物がどこにあるかも熟知していた。むろん鍵を用いて火薬庫の錠を自由にあけることもすべて知っていた。

市査問委員会は、横須賀鎮守府軍法会議の警査や横須賀憲兵隊の憲兵に依頼して、市○彦市二等水兵の素行、家庭状況等を洗った。その結果、左のような報告書が作成された。

（彦市）ノ父佐吉ハ、彦市ノ母きのノ婿《むこ》養子トシテ入籍シ、両人共酒量頗《すこぶ》ル多ク、明治三十一年二月きのノ死亡後、同年十二月佐吉ハ、同地酩酒店ノ酌婦《しゃくふ》タルトラヲ後妻トシテ娶《めと》リ、トラトノ間ニ現ニ一男一女ヲ挙ゲ、而シテ佐吉ハ其ノ初メ生計貧困ナリシモ、トラノ持参セシ嫁資ノ融通ニ因《よ》リ今ヤ同村内中流以上ノ生活ヲ営ムニ至レリ。

尚《なお》、彦市ノ実兄耕作ハ酒量佐吉ニ劣ラズ、トラトノ間頗ル平和ヲ欠キ遂《つい》ニ別居シ居リテ、梅毒性酒狂者ナルモノノ如シ。

次ニ彦市ノ素行ハ、海軍入籍前ニアリテハ平素沈黙寡言《かげん》、陰鬱《いんうつ》性ニシテ、平常何事ヲカ想思セルモノノ如ク、十八歳ノ頃ヨリ酒量既ニ普通以上ニシテ屢々《しばしば》花柳ノ巷《ちまた》ニ出入シ、為ニ梅毒ニ感染シ従テ神経衰弱症ニ患《かか》リタルコトアリタリ。海軍入籍後ニアリテモ健忘症ニシテ事物ニ熱中シ易《やす》ク、大正五年七月頃ヨリ彦市ハ飲酒中ト雖《いえども》快調ナラズ、酒楼ニアリテモ往々陰鬱ノ顔色ヲナシ、家事ノ不快不平ト海軍生活ノ嫌悪《けんお》トヲ口外スルニ至レリ。

而シテ彦市ガ友人ニ洩《もら》シタル言ニ依レバ、彼ト両親トノ関係ハ極メテ冷《ひやや》カニシテ、夏冬ノ各休暇ニ際会スルモ右両親ハ同人ノ帰省ヲ促サザル如クニシテ、遂ニハ市〇家祖先伝来ノ血統者ニアラザル継母トラノ実子ガ財産全部ノ相続ヲナスニ至ルモノナラント言イ、心窃《ひそ》カニ歎息《たんそく》シ、其ノ煩悶懊悩《はんもんおうのう》甚シカリシモノノ如シ。

殊《こと》ニ前記七、八月頃横須賀市酩酒店ニ出入セシ如キハ、所持金ナキ筈《はず》ナルニ拘《かか》ワラズ、金銭ヲ浪費シ殆《ほとん》ド自暴自棄ニ陥リタル形跡アリテ、金銭ノ出所モ亦《また》疑ウベキモノアリタリ。

之ニ因リテ是《これ》ヲ観《み》レバ、右彦市ハ、爆発当日ニ於ケル分隊長其ノ他ノ打続ケル訊問ニ依リ過度ニ神経ヲ刺撃（戟）セラレ、同時ニ前述ノ如キ病的遺伝性ト平素ニ於ケル家庭ノ苦悶トガ是ヲ幇助《ほうじょ》シテ、一時ノ逆上ヲ来《きた》シ、其ノ結果彼ハ突発的ニ自殺ヲ企図セシモノニアラザルナキカ。

而シテ分隊長ガ同人ノ挙動ヲ怪ミ同室ヲ退去シタル後、彼ヲ追躡《ついじょう》シタルニ右舷後部スクリーンバルクヘットヨリ出テ左舷ニ廻リタルモ之ヲ見出シ能《あた》ワザリシハ、其ノ受持掌水雷科要具庫ニ入リ鍵ヲ取出シタルモノト察シ得ザルニアラズ。

且、前段艦内取締ノ状況ニ於テ叙述セル如ク、弾火薬庫鍵ノ取扱ニアリテハ、苟《いやしく》モ故意ニ弾火薬庫ノ開鑰《かいやく》ヲ企図セントセバ、発覚ノ虞《おそれ》ナクシテ実行シ得ルノ間隙《かんげき》ナシト言ウヲ得ザルヲ以テ、同人ハ予《かね》テ知悉《ちしつ》セル鍵ヲ利用シ、火薬庫番兵ノ監視充分ナラザリシ左舷側ヨリ前部六吋（一五センチ）弾火薬庫内ニ入リ、庫内ノ火薬ニ点火シ自殺セシニ非《あら》ザルヤノ疑アリ。

之ヲ要スルニ、人為的行為ニ関シテ市○彦市ヲ以テ最モ有力ナル嫌疑者ト認ム。

査問委員会は、約半年間調査に専念し、大正六年七月二十五日、右のような結論を得て海軍大臣に報告書を提出、査問を結了した。

なお、査問委員会は、「筑波」乗組の艦長以下の責任追及もおこない、左のような査定書も提出している。

一

艦長海軍大佐有馬純位ハ、平素艦内弾火薬庫ニ於ケル取締方法並ニ同庫鍵ノ保管方法其ノ他衛兵ノ勤務ニ付テ留意ニ細心ヲ欠キシモノアルハ、艦内不取締ノ責アルヲ免《まぬが》レズト雖《いえど》モ、情状大ニ酌量《しやくりよう》スベキ廉《かど》アリト認ム。

二

副長海軍中佐前川直平ハ、艦長ヲ補佐シ艦内弾火薬庫ニ於ケル取締方法並ニ同庫鍵ノ保管方法其ノ他衛兵ノ勤務ニ付テ留意ニ細心ヲ欠キシモノアルハ、艦内不取締ノ責アルヲ免レズト雖、情状大ニ酌量スベキ廉アリト認ム。

三

砲術長海軍少佐鈴木義一ハ、弾火薬庫ノ開閉及同庫鍵ノ取扱上、掌砲長代理及掌砲長属ノ指導監督不行届ノ責アルヲ免レズ。

四

水雷長海軍少佐島野団一ハ、水雷火薬庫ノ開閉及同庫鍵ノ取扱上掌水雷長及水雷長属ノ指導監督不行届ノ責アルヲ免レズ。又、分隊長トシテ部下タル海軍二等水兵市○彦市ヲ窃盗嫌疑ノ下ニ先任衛兵伍長ノ擅《ほしいまま》ニ訊問ヲナシタルニ気付カザルノミナラズ、右嫌疑者ヲ私室ニ於テ取調後監視衛兵ヲ付セズシテ漫然之ヲ解放シタルハ、部下指導監督上注意ノ周到ヲ欠キタルモノト認ム。

五　衛兵司令海軍中尉《ちゅうい》岸福治ハ、先任衛兵伍長海軍一等兵曹小野弥太郎及故海軍一等兵曹菱沼励ガ窃盗事件ニ付キ市〇彦市ヲ訊問ナスノ際、厳正ニ其ノ職務ノ執行ヲ為《な》サザリシニ気付カザリシハ、衛兵監督上不注意ノ責アルヲ免レズト雖、情状酌量スベキ廉アリト認ム。

六　掌水雷長海軍兵曹長高谷林五郎ハ、水雷火薬庫鍵ノ取扱ニ就テハ厳正ナラザルベカラザルニ、担任ノ掌水雷要具庫内ニ之ヲ放置セシコト、及尚此ノ外常用外ノ鍵一個ヲ艦長、副長ハ勿論《もちろん》水雷長ニ申出ザリシハ、其ノ職務ヲ怠ルモノト雖、後段ニ関シテハ情状大ニ酌量スベキ廉アリト認ム。

結局、査問委員会は、二等水兵市〇彦市の自殺的行為によって「筑波」は爆沈したと判定したのである。

海軍中枢部は、このような「筑波」爆沈事件の査問報告に暗然としたが、さらに翌大正七年七月十二日、戦艦「河内」（排水量二〇、八〇〇トン）に爆沈事故が発生して完全な虚脱状態におちいった。

「河内」は、「摂津」とともに日本で初めて設計建造された弩級《どきゅう》戦艦で、明治四十五年三月三十一日に横須賀海軍工廠《こうしょう》で完成した。当時としては画期的な三〇センチ主砲十二門装備、速力二〇ノットという世界屈指の強力戦艦であった。

爆沈当日「河内」は、徳山湾に碇泊《ていはく》中であったが、午後三時五十一分、突然右舷一番主砲塔付近で二回の爆発が起り、同砲塔付近と煙突からすさまじい大火柱が立ちのぼった。

艦はたちまち左舷に傾斜し、爆発後約四分で顚覆《てんぷく》沈没した。乗組員の犠牲は大きく、九百六十名の乗員中実に六百十八名が死亡するという大惨事であった。

海軍中将土屋光金を委員長とした査問委員会が、徳山に派遣された。

同艦の爆沈原因は、火薬が製造後七年七カ月経過した古い薬齢のものであったので自然発火も考えられたが、確認できる証拠は発見できなかった。

委員会は、それまでの火薬庫災害事故の大半が乗組員の行為によるものであることから、重点的にその面の調査を進めた。その調査方法は類をみないほど徹底したもので、憲兵隊、警察署に依頼して北は北海道から南は九州北部にいたる一道一府二十五県下にわたって、乗組員の背後関係を洗った。また殉難者から家族、親戚《しんせき》、知人に発送した手紙類千四百余通も押収《おうしゅう》、遺品等をも加えて、不審な点があるか否《いな》かを探った。

ついで生存者、殉難者の日常の素行の追及もおこなわれ、下宿屋をはじめかれらの足をふみ入れた飲食店、遊廓《ゆうかく》等に至るまで聴き込み調査を実施、上陸許可を得た生存者の尾行にも及んだ。殊に爆発個所である一番砲塔弾火薬庫員については、徳山町に上陸した時はむろんのこと横須賀軍港に帰ってからも、一挙一動を監視するため一人一人に尾行をつけた。

しかし、それらの調査にもかかわらず、疑わしい者を発見することはできなかった。死者が余りにも多く、艦も沈没したので、判定する資料が得られなかったからであった。

結局、戦艦「河内」爆沈事件査問委員会は、原因不明という結論を下さざるを得なかった。

日本海軍は、戦艦「河内」の爆沈をきっかけに本格的な火薬庫災害防止対策に取組む姿勢をしめした。そして、戦艦「河内」爆沈事件査問委員会は、その将来に対する研究資料として積極的な進言をした。

まず火薬の自然発火を防ぐ方法としては、

一　安定性良好ナ火薬ヲ得ルコト

二　不良火薬検出方法ノ改善

三　貯蔵取扱法ノ改善
四　艦船搭載火薬ノ規格
五　火薬関係者ノ養成及ビ充実
等の処置をとるべきだと主張した。

また災害の発生した折、その被害を最小限度にとどめるため、火薬を火薬缶に入れて他の火薬に対する誘爆をふせぎ、火災が発生した折にはガスの圧力の充満によって大爆発を起させぬよう、ガスの逃げ道をつくることを要請した。さらに、火薬庫に火災が発生した折には、注水、撒水《さんすい》によって消火できる完全な設備を主な艦船の火薬庫に備えるよう指摘した。

査問委員会は、殊に乗組員の行為による災害防止について積極的な進言をおこなった。その中で弾火薬庫の警戒については一層厳重な規則をもうけ、鍵を用いて弾火薬庫の扉《とびら》をひらくまでに三つの関門を通過する必要があると述べた。

弾火薬庫の鍵は、鍵箱の中におさめられている。この箱をあける鍵は当直将校が常に携行し、当直将校の許可なくしては箱をあけることはできない。箱の傍《そば》には、鍵箱番兵が二十四時間立哨《りっしょう》監視に当り、当直将校の許可を得て火薬庫の鍵を取り出す者は必ず番兵の手帖《てちょう》に署名しなければならない。鍵を受領して弾火薬庫に行くと、扉の所には弾火薬庫番兵が二十四時間監視に当っていて、錠をあける折には、再び番兵の手帖に署名する。そうした三段階の手続きを経て、庫内に入ることが許されるべきだというのだ。

査問委員会は、最後に「極メテ重要ナコトデアルガ……」と前置きして弾火薬庫に関係する者の質についてもふれている。それまでの放火又はそれに準ずる行為による災害事故は、すべて弾火薬庫に密接な関係のある者がおかしている。そうした事故を防止する方法としては、人選に十分な配慮をする必要があると指摘している。

こうした査問委員会の進言は、その後関係部門で真剣に検討され、ぞくぞくと実行に移されていった。

この厳重な防止方法が効を奏したのか、大正七年の戦艦「河内」爆沈以後、火薬庫災害事故は絶えた。明治三十八年の「三笠」爆沈からわずか十三年ほどに七つの爆発事故をひき起した日本海軍も、ようやく火薬庫災害の恐怖からのがれ出ることができたのだ。

陸奥爆沈は、「河内」爆沈後二十五年目の事故であった。その事故の規模は、日本のみならず世界最大のもので、艦の大きさはもとより死者千百二十一名という数字も類を見ないものであった。

九

「陸奥」爆沈前の七件の火薬庫災害事件を整理してみると、乗組員の行為によるもの三件（第一回三笠、磐手、日進）、同様の行為によること確実なもの二件（第二回三笠、筑波）、原因不明二件（松島、河内）となる。しかも、原因不明の二件も、「人為的疑い」がなかったわけではなく、むしろ濃厚というべきなのであろう。

このようないまわしい過去をもつ日本海軍は、「陸奥」の爆沈についても自然発火の原因が見当らぬかぎり乗組員の行為によるものではないかという疑いをいだいた。

査問委員会は、もしも何者かの行為によって爆発が起ったとすれば、火薬の取扱いと火薬庫の事情に通じている者であるはずだと判断し、その面での追及をすすめると同時に火薬庫の状態についての調査もおこなった。

その結果、「陸奥」の火薬庫が爆発時刻にひらかれたままになっていたという事実があきらかになった。

この点について私は、生存者の某氏からも、午前十一時三十分頃、三番砲塔の弾庫の厚い扉がひらいているのを目撃したという話をきいた。規則上からはむろん好ましくないことだが、午前中訓練をおこなった「陸奥」では火薬庫の扉を閉めずにおいたのである。当時他艦でも事情は同じであったらしく、昼間は重い弾火薬庫入口の扉を開けたままにしておくことがあったらしい。

しかし、「陸奥」の各弾火薬庫の扉の前には番兵が規則通り立哨していて、出入りを厳重に監視していたことが確認された。

査問委員会は、不審者の究明に当ったが、たちまち或《あ》る一人の人物が浮び上った。

この人物についての記述は、沈没した「陸奥」の潜水調査をした救難隊の指揮官松下喜代作技術大尉の回顧記録にもみえる。松下氏は、その中で嫌疑を受けた人物を、

「関口一等兵曹《へいそう》（此《こ》ノ名前ヲ自分ハ斯《か》ク記憶シテイルガ、或《あるい》ハ原口カモ知レヌ）……」と書き遺《のこ》している。

私は、この人物について、松下大尉の補佐役をしていた鈴木伊智男氏（当時技術少尉）にただした。

鈴木氏は、すぐに、

「関口でも、原口でもありません」

ときっぱりと言ってから、しばらくためらわれていたが、

「あれから二十七年もたっているのですから、もう名を明かしてもいいでしょう。あ

の名前だけは一生涯忘れませんよ。それは……」

と言って、或る姓を口にした。

私は、その後名も知ることができたが、一応Qと呼ぶことにしたい。Qは、第三番砲塔員で二等兵曹であった。

Q二等兵曹が嫌疑を受けたのは、盗難事件と関係があると思われたからである。

昭和十八年に入った頃《ころ》から、艦内ではしばしば時計、金銭等の盗難事件が起るようになった。ひそかに調べてみると、Q二等兵曹が衛兵伍長《ごちょう》として夜間巡回中に多発していることがあきらかになった。

Q二等兵曹に対する盗難事件の疑惑は深まったが、嫌疑を一層濃厚にさせる一事件が起った。

或る夜、一人の水兵が就寝中、手首にふれられたような気配を感じて眼をさました。何気なく左手首にはめてあった腕時計をたしかめてみると、それがなくなっていることに気づいた。

かれはあたりを見廻した。その時、足音をひそめて去る一つの影があった。男の左腕には、はっきりと衛兵伍長の腕章の巻かれているのが認められた。

訴えを受けた先任衛兵伍長が、その夜、その居住区をまわっていた衛兵伍長がだれであるかを調べてみると、それはQ二等兵曹であることが判明した。

艦内の警察、軍紀、風紀の維持は、副長の命を受けた衛兵司令（士官）が当っている。

「陸奥」の衛兵司令は中村乾一大尉で、衛兵副司令がそれを補佐し、その下に宮本武、飯田誠、加茂富貴次、清和和美の四名の上等兵曹が先任衛兵伍長として衛兵伍長、衛兵を指揮し艦内秩序の維持につとめていた。

先任衛兵伍長宮本武、飯田誠両上等兵曹は、Q二等兵曹と同郷で顔見知りでもあった。Q二等兵曹は、背の高い顔立ちの整った男で愛想もよく、宮本、飯田両先任衛兵伍長はQが盗みをはたらくなどとは想像もしなかった。

しかし、それとなく監視してみると、Qの金遣いは異常に荒く疑わしい点が多かった。

そのため宮本は、Q二等兵曹を先任衛兵伍長室へ呼び、雑談しながら艦内に頻々《ひんぴん》と起っている盗難事件についてなにか気づいたことはないかとたずねた。が、Q二等兵曹の答えや表情からはなんの得るところもなかった。

そのうちに副長大野小郎大佐が、いつの間にか盗難事件の頻発していることを知り、衛兵司令中村乾一大尉に事件の調査を命じた。

中村大尉は、部下の宮本武先任衛兵伍長を呼び、事件の内容と容疑者について詳細な報告を受けた。そして、Qを私室に招いて直接問いただしたが、Qは盗みをはたらいたおぼえはないと答えた。

中村が訊問《じんもん》結果を副長に報告すると、副長は、呉碇泊中の戦艦「大和」におかれた第一艦隊司令部の高《こう》頼治法務大佐に調査方法について教えを受けてくるよう命じた。

高法務大佐は、「陸奥」に乗艦していたこともあって、士官たちは顔なじみであった。中村は、高大佐の来艦を請《こ》い、直接Q二等兵曹を取調べてもらおうと思った。

「陸奥」の爆沈日である昭和十八年六月八日、衛兵司令中村大尉は、先任衛兵伍長宮本上等兵曹を伴なって、朝八時発の「陸奥」の定期便に乗って呉へ赴く予定を立てた。が、降雨のため視界が悪く、出発はおくれて午前八時五十分となった。

定期便は「陸奥」の第二艦載水雷艇が使用され、橘隆兵曹長を艇指揮者に、長谷川伝三郎二等兵曹、山岸三郎二等機関兵曹、藤井裕允水兵長、斎藤嘉三機関兵長、鵜川重男上等機関兵、湯野川春雄一等水兵、荻原盛一一等水兵の計八名で、中村大尉、宮本上等兵曹を乗せ、約二時間後、呉の桟橋《さんばし》に到着した。

中村と宮本は、午前十一時戦艦「大和」に赴いた。高法務大佐は留守であったが同四十分頃帰艦してきたので、事件の内容を話しQ二等兵曹の取調べを依頼した。

高法務大佐は快く承諾し、翌六月九日午前八時に呉第一桟橋発予定の呉鎮守府の定期便で「陸奥」へ行くことを約束してくれた。

中村と宮本は「大和」を降り、呉海軍下士官兵集会所前で別れた。そして、中村は水交社で昼食をとり、宮本は呉憲兵隊に赴き、陸上でQ二等兵曹がなにか不審な行動をとった事実はないかをただしたが、得るところはなかった。

中村と宮本は、再び第一桟橋で落合い、午後三時〇〇分、待っていた第二艦載水雷艇に乗って呉をはなれた。その艇には、呉海軍病院で盲腸の手術を受け、その日退院した村松鉦一一等水兵も便乗していた。

すでにその頃、「陸奥」は爆沈した後だったのだが、私のメモには中村乾一氏のその折の感想がこんな文章で書きとめてある。

午後五時、柱島泊地ニ入ッタ。「陸奥」ガ繋留《けいりゅう》サレテイル海面ニ近ヅイタ時、艇指揮者橘兵曹長ガ、

「第五分隊長（中村大尉）、『陸奥』ガ見エマセン」

ト、言ッタ。

見ルト、海面ニ船尾ノ逆立チシタヨウナモノガアル。シカシ、ソレガ「陸奥」ト

ハ思エズ、「陸奥」ガ緊急出動命令ヲ受ケテ出港シテシマッタノカト想像シタ。
近クニ「長門」「扶桑」「竜田」「玉波」「島風」等ノ姿ガ見エタ。トリアエズ「長門」ニ行ッテ事情ヲ聞コウト思ッタ。「長門」艦上ハ、異様ナ気配ダッタ。「長門」ノ磯野正則大尉カラ、「陸奥」爆沈ストキイタ。驚イタ。悲シカッタ。ソノ夜ハ遺体ノ処置、負傷者ノ処置ナドニ奔走。就寝ハ午前一時デアッタ。

こうした事実を知った査問委員会は、Q二等兵曹が火薬庫放火犯人ではないかと調査に着手した。

まずQ二等兵曹が、盗みをはたらいたことは、多くの証拠から判断して確実視された。Qは、宮本先任衛兵伍長についで中村衛兵司令からの訊問を受け、盗みの発覚する恐怖にとらえられたはずだと推定された。

さらに、爆沈当日の朝、中村と宮本が連れ立って呉へ向ったことによって、一層その不安は募ったにちがいない。罪が発覚すれば、軍法会議にかけられて処罰される。かれは、絶望的な気持になって自殺を決意し、罪状湮滅《いんめつ》のため第三番砲塔火薬庫に入って火薬に火を点じた。……査問委員会は、そうした推理を立てたが、その有力な裏づけとなったのは、Q二等兵曹が爆発個所となった第三番砲塔員として弾火薬庫の知識を十分に持っていることであった。

弾火薬庫の扉（左図Ⓐ）は、爆沈当時訓練のため開かれていたが、傍に番兵が立哨していて入ることはできない。しかし、ただ一つ侵入可能なルートがあった。

それは、砲塔のⒷから入る道であった。Ⓑには錠がかけられているが簡単な南京《ナンキン》錠で、しかも夜間をのぞいては鍵《かぎ》がかけられていない。

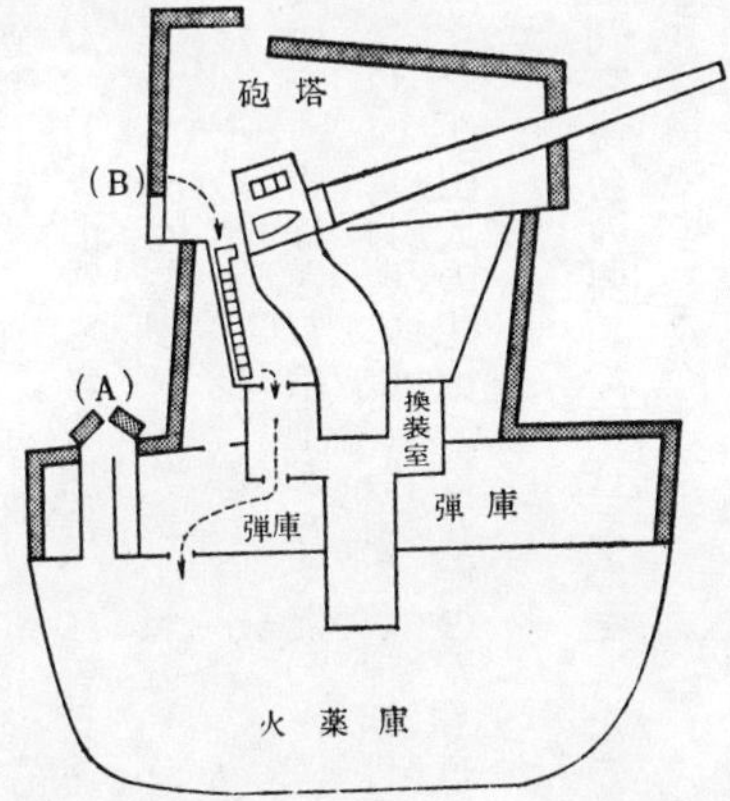

砲塔からせまい梯子《はしご》をおりると、換装室に入ることができ、さらに矢印のように弾庫から火薬庫へと侵入できる。しかし、そのルートは、主砲塔内に精通していた者しか知らないが、第三番主砲塔員であったQ二等兵曹はむろん熟知していた。
査問委員会は、Q二等兵曹への疑いを一層深め、身辺調査に全力を傾けた。
査問委員の一人であった飯田信一氏（当時法務中佐）からきいたところによると、Q二等兵曹は、呉市内に下宿していた。遊びはひどく派手で、下宿に泊ることはほとんどなかったという。また金づかいも荒く、月々消費される額は、二等兵曹の給料では到底及びもつかぬものであった。郷里から送金されていたのではないかとも思えたが、生家は貧しく送金の事実もなかった。その結果、Q二等兵曹が、盗みその他で給料以外の金銭を入手していたことは疑いをさしはさむ余地がなくなった。

またQ二等兵曹には、呉市の遊廓朝日町になじみの女がいて、かなりの金を貢《みつ》いでもいた。飯田氏の記憶では、その女もQの窃盗事件の参考人として出頭させ取調べたという。

査問委員会の要請で調査にあたったのは、呉鎮守府軍法会議所属の警査の一群と、呉憲兵隊員であった。

憲兵隊は、陸軍軍人・軍属、一般人の犯罪取締りに当り、海軍から要請のあった場合は、海軍軍人・軍属の犯罪捜査、逮捕も実施した。

私は、Q二等兵曹の上陸後の生活を捜査したと思われる軍法会議の警査と呉憲兵隊員に会いたいと思った。そして、まず呉憲兵隊の隊長以下の氏名をさぐった。

恩給局の白井正辰氏、厚生省の福田呉子氏の御協力を得て、当時の隊長が藤本治久吾陸軍憲兵中佐であることをつきとめ、部下に佐藤誠三憲兵少佐、山崎民男憲兵大尉が配属されていたことを知った。

私は、とりあえず岩手県花巻市に住んでいると思われる佐藤誠三氏の家に電話をかけてみた。親戚らしい女の方が電話口に出て、佐藤氏が終戦直前広島に投下された原子爆弾で死亡したことを知らされた。

私は、ついで愛媛県松山市に住んでいるはずの憲兵隊長であった藤本治久吾氏の電話の有無をしらべてみた。が、該当する持主はなく、同じ町に藤本健という人が旅館を経営していることがわかったが、縁者でもなく藤本治久吾氏の名も知らなかった。

やむなく私は、その住所宛《あて》に手紙を書いて送ってみた。返事が送られてくる確率は、きわめて少いと思われた。が、十日ほど経《た》ってから、鎌倉市稲村ヶ崎に住む藤本たね子という方から葉書をいただいた。その方は、藤本治久吾氏の夫人で、葉書には藤本氏が昨年亡《な》くなられたと書き記されていた。

私は気落ちしながらも、最後の望みである山崎民男氏の所在をさぐった。本籍が埼玉県秩父郡三田川村となっていたので村役場に電話すると、現住所が草加市氷川町であることを教えてくれた。

早速その夜電話をすると、山崎氏御本人が電話口に出てこられた。私は、ようやく呉憲兵隊の幹部の一人に接することができたことを喜んだが、それもたちまち打ちくだかれた。氏は、「陸奥」爆沈の三カ月前の昭和十八年三月に中国へ赴任し、爆沈当時は呉にいなかった。

ただ氏の話によると、その頃高橋大尉という人が呉憲兵隊の特高課長をしていて、その人に会えば「陸奥」爆沈事件のこともよく知っているはずだという。しかし、山崎氏は、高橋氏の名前がなんであるかは失念していた。

私はその後、中国新聞で奇《く》しくも「陸奥」爆沈日に呉鎮守府が防諜《ぼうちょう》に尽力した功労者の表彰をおこなったという記事を眼にした。その表彰者の中には呉憲兵隊特高課長高橋大尉の名もあって、山崎氏の言葉通り爆沈当時高橋大尉が呉憲兵隊にいたことは確実だった。私は恩給局の白井氏に高橋大尉という方の所在をさぐっていただいたが、当時憲兵大尉であった高橋氏という方は二人いて、その一人は福島県に住む高橋直吉という方であり、他の一人は松江市に住む高橋福一氏であることを教えてくれた。が、種々調査の結果、呉憲兵隊にいた高橋大尉は高橋福一氏にまちがいないという。

私は、すぐに電話番号をしらべてみたが該当者はなく、松江市南田町に住むと思われる高橋福一氏に手紙を書いてみた。しかし、高橋氏もすでに亡くなられていた。夫人からの返事には、「主人事福一、三十一年に他界しまして何の参考資料もなく御意にそいませず残念に思います。元気でおりましたら何らかのお力になりましたものを

――」と書かれてあった。私の希望はことごとく絶たれ、呉憲兵隊関係者から話をきくことは断念せざるを得なかった。

私は、つづいて、Q二等兵曹の身辺捜索にあたった呉鎮守府軍法会議所属の警査の所在を探るために、広島へ赴いた。当時警査に調査を命じた査問委員会法務担当委員であった飯田信一氏から手がかりをつかもうと思ったのだが、期待通り警査の氏名はすぐにわかった。

飯田氏の話だと、先任警査は荻山勘三郎で、その部下に宮本茂六、平山丈太郎、福田喜作、前田勝、田村勝美等十数名の警査が配されていた。「陸奥」爆沈当時は外地へ出張している者も多く、Q二等兵曹の身辺調査に当ったのは、荻山先任警査、宮本茂六、前田勝両警査であったという。

荻山先任警査はすでに亡くなられていたので、私は広島市から三次《みよし》市で農業を営む宮本茂六氏の家に電話を入れた。有線放送の呼出し電話で、私の話を女の方が丹念に中継しては先方に伝え、その返事を私にしてくれる。「陸奥」爆沈事件について捜査した記憶があるでしょう、ときくと、女の方は意外にも氏がその事件に関係したことはないと言っていると答えた。何度も念を押してみたが答えは同じで、私は釈然としない思いで受話器を置いた。

私は、もう一人の警査であった前田勝氏の住む呉へ車を走らせた。氏は、新聞販売店を経営していて、夕食をすませた後らしく家の奥から出てきた。

氏は、呉海兵団の先任衛兵伍長をやっていたが、満期と同時に軍法会議の警査になったとのことであった。

私は、「陸奥」爆沈事件の折にQ二等兵曹の身辺調査のため動いたはずだが、その当時のことをきかせて欲しいと言った。が、前田氏は、首をかしげ、

「折角おいでいただいたのにお気の毒ですが、私はその事件には関係ありませんよ。第一『陸奥』が沈んだことを知ったのは、二年ぐらい経ってからですから」

と、言った。

氏の話によると、先任警査の荻山氏は、「××事件に関して動け」と命じるだけで内容については教えてくれない。それでも調査をすすめているうちに、事件の概要はわかるようになるが、「陸奥」爆沈事件について関係したことはないと力説した。

私は、或ることがわかってきた。陸奥爆沈は軍の最高機密で、Q二等兵曹の身辺捜査を担当した警査にも、その爆沈の事実は厳重に秘していたのにちがいない。後に飯田信一氏にこの点について問いただしてみると、先任警査荻山勘三郎氏に対しても陸奥爆沈のことは教えず、単にQ二等兵曹の窃盗事件に対する裏付捜査を依頼しただけ

だったという。つまり宮本警査も前田警査も、数多い窃盗事件の一つとしてQ二等兵曹の捜索に当ったにすぎず、それ故《ゆえ》に陸奥爆沈とは無関係だという答えが返ってきたのだ。

前田氏は、事件が起き捜査を命じられると、私服で潜行しては質店、遊廓、飲食店などを歩きまわった。窃盗事件はきわめて多く、下士官・兵などの捜索には下宿にふみこんで貯金の有無をはじめ下宿に借金はないか、質札を持っていないかなどを調べ、付近の風評についても聴き込みをした。

呉の遊廓朝日町では都楼をはじめ多くの娼家《しょうか》が並び、「陸奥」爆沈当時は女も五百名ほどいて、艦隊が入港すると廓《くるわ》は水兵であふれた。水兵と女郎との心中事件も多く、或る逃亡兵は新宮トンネル内で女郎と列車に飛び込んで死亡した。また、音戸の海で入水し、水兵は蘇生《そせい》したが女は溺死《できし》した事件もあったという。

結局、私は、Q二等兵曹の身辺捜索の内容についてはほとんど知ることはできなかった。

査問委員会は、朝日町のなじみの女を追及してQ二等兵曹からもらった金額を集計してみた結果、艦内で起った窃盗事件の被害届の額よりかなり上廻《うわまわ》ることも知った。この点については、救難隊指揮官松下喜代作大尉の遺した回想録中にも、

「……同兵曹ガ法務長ノ話ニヨレバ、或ル方面ヨリ相当額ノ金ヲ貰《もら》ッタ証拠ノアル事及ビ平常ノ行動及ビ側方ヨリノ調査ヨリミテ不審ノ点ガ極メテ多ク……」

という叙述がみられるが、或る方面とは諜報機関の疑いもあって、その方面の追及もおこなわれた。しかし、その点についてはなんの手がかりも得られなかった。

Q二等兵曹の生家にも、取調べの手はのびた。

生家にふみこんだのは憲兵隊員で、家庭状況、本人の入隊前の素行が徹底的にしらべられた。

Q二等兵曹の父は農業を営み、その家庭状況は好ましいものではなかった。父は酒量が異常に多く怠惰な日々を送り、母は万引の常習者であった。Qは長男で学校の成績はよかったが、暗い家庭環境の影響からか、尋常高等小学校を出る頃から窃盗をはたらくことがしばしばで何度か警察に連行されたこともあった。

憲兵のやってきたことで、村内は騒然となったが、村人たちはQ二等兵曹が海軍で窃盗をしたにちがいないと噂《うわさ》し合った。

そうした報告を受けた査問委員会は、Q二等兵曹が盗みをはたらいたことは確実で、その発覚をおそれた自殺放火の疑いをさらに深めた。

査問委員会は、Q二等兵曹の死体を発見するため、松下喜代作大尉の指揮する救難隊に、第十三兵員室の潜水捜索を命じた。

Q二等兵曹は、第三分隊員として他の同僚五名とともに第十三兵員室に起居していた。爆沈時刻は昼食の終った直後で、兵員室で休息をとっていた公算が大きかった。常識的には、昼の休憩時刻に露天甲板に出て日光を浴びる者が多いが、その日は小雨が降り寒くもあったので、生存者の証言からもあきらかなように、大半の者が舷窓《げんそう》を閉めそれぞれの居住区で休息をとっていた。そうした事情から、第十三兵員室の者たちも、部屋にとじこもっていたと想像された。

もしもQ二等兵曹が火薬庫に放火して自殺を企てたのだとしたら、その肉体は火薬庫内で爆発とともに飛散しているはずで、その遺体は、第十三兵員室から発見されることはないのだ。またQ二等兵曹の遺体が第十三兵員室内で発見できれば、時限発火装置を仕掛けた場合以外には、その容疑も完全にはれる。

当時査問委員の一人であった牧野茂氏（当時技術大佐）は、

「居住区外にいるということも十分あり得ることだし、その下士官に無実の罪を負わしたら大変なことになるので、潜水作業員に無理を言って遺体をさがさせたのです」

と言った。つまり遺体捜索は、Q二等兵曹の犯行のきめ手をつかむというよりは、容疑を拭《ぬぐ》い去るのに有効な手がかりになるという考えの下におこなわれたのだ。

命令を受けた救難隊指揮者松下大尉は、他の作業をすべて中止して第十三兵員室の潜水捜索に着手した。むろん部下たちには、作業の意味を教えなかった。

第十三兵員室の位置は、比較的容易に判明し、兵員室の舷窓の一つが、偶然にも開いていることも確認できた。

早速潜水員を舷窓の部分におろし、手を突き入れさせては、室内に浮游《ふゆう》している物をつぎつぎに引き出させた。分隊日誌、書類、兵員の所持品等、持出せる物は一つ残らず引き出した。

室内に投げられる防水灯の光に遺体が淡く浮び上っていたが、舷窓はせまく引き出すことができない。潜水服が舷窓よりも大きく、入室は不可能だった。

松下は、舷窓からの潜入方法や、遺体その他の引き出し方法について種々工夫をこらしてみたが、それらは悉《ことごと》く失敗した。

松下大尉は、第十三兵員室の遺体収容が「陸奥」爆沈原因の究明に重要な役割をもつものであることを考慮し、潜水員を室内に潜入させることを決意した。

松下は、福永工長とそのルートについて検討した結果、遠くはなれた飛行甲板昇降口のハッチから艦内に入る以外にないことを知った。

松下は、逡巡《しゅんじゅん》した。その付近は火薬庫爆発によって切断され、艦はほとんど横転した状態で顚覆《てんぷく》し、泥土《でいど》の中に突っこんでいる。侵入予定口のハッチも辛《かろ》うじてあけられる程度で、そこから艦内へ奥深く入ってゆくことは死を覚悟しなければならなかった。

しかし、福永金治郎工長は、即座にその役を買って出た。かれは、長年の潜水経験をその作業に賭《か》けたのだ。

私は、福永氏の迫力にみちた話を次のようにメモしている。

海底ニ下リルト、ヒドイ鼻泥《はなどろ》（こまかい泥土）ダッタ。動クト、フワーット細カイ泥状ノ塵《ちり》ガ舞イ上ル。タチマチ、アタリガ見エナクナル。淡イ電灯ヲ頼リニ、飛行甲板昇降口ノハッチニ辿《たど》リツイタ。

セマイ入口カラ、漸《ようや》ク中ニ入ッタ。

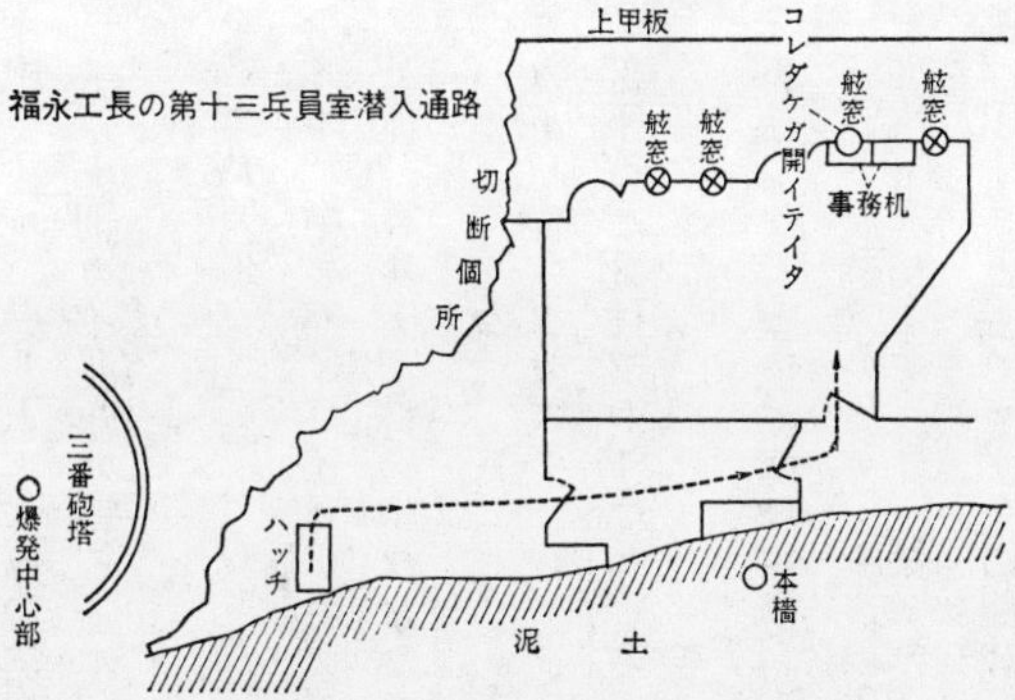

福永工長の第十三兵員室潜入通路

艦ガ顚覆シテイルノデ、上カラノ落下物ガコワイ。通路ヲ進ンダ。死体ガ、ゴロゴロシテイル。管ヤ鉄板ガ、槍《やり》ブスマノヨウニ突キ出テイル。潜リホースガ、突起物ニカラム。引キ返シテハズス。又、カラム。フワーット細カイ泥塵《でいじん》ガ舞イ上ル。同時ニ眼前ガ暗クナル。

長イ時間ヲカケテ、目的ノ部屋ノ入口ニ達シタ。扉《とびら》ヲアケタ。

一ツヒライタ舷窓カラ、カスカナ明ルミガサシテイル。中ニハイロイロナモノガ、浮ンデイタ。テーブル、衣嚢《いのう》、ハンモック、ソシテ死体。マルデ密林ノ中ヲ歩クヨウダッタ。

死体ヲ抱イテ、通路ヲ引キ返ス。ホースガヒッカカル。物ニツマズク。

飛行甲板昇降口ノハッチカラ死体ヲ引キ出シタ。部下ガ、死体ヲロープニシバッテ、上ニ引キ上ゲタ。

私ハ、又通路カラ目的ノ部屋ニ行ッタ。死体ハ全部出シタ。室内ニアッタ物ハ、スベテ出シタ。

第十三兵員室は、爆発個所に近いので在室者は、逃げ出すこともできず全員即死しているはずだった。

海面に、ロープでしばられた遺体が一体ずつ上ってきた。法務担当委員をはじめ査問委員が、その遺体を凝視し、Q二等兵曹と顔見知りの生存者に一体ずつ確認させた。

しかし、かれらは、首をふりつづけた。

五つの遺体が上った。それらの中に、Q二等兵曹の遺体はなかった。

福永工長が、海面に浮び上ってきた。

「遺体があと一体あるはずだが……」

と、査問委員が言った。

福永は、

「それだけです」

と、答えた。

Q二等兵曹は、爆発時に自分の居住区である第十三兵員室にいなかったことが明白になった。他の五名は在室していたのに、かれだけはどこへ行ってしまったのだろうか。

Q二等兵曹の遺体が発見されなかったことは、少くとも同二等兵曹に対する容疑をはらすには至らなかった。逆に、Q二等兵曹への疑惑を一層深めることになった。

査問委員会は、その後も死体の収容に全力をあげるよう各方面に指示した。救難隊は、切断個所にひっかかっている遺体をロープであげたり、艦内に入って収容できる限りの遺体の引揚げをつづけた。同時に、各島々や海岸に配置された警備隊も、海上捜索に当っていた船も漂流死体の収容につとめた。

六月二十八日、津和地島の漁師から、星三つの襟章《えりしょう》のある士官服を着た大尉の死体が島の西端に漂着したと報《しら》せてきた。内火艇で急航すると、その階級章は大佐で、大野小郎副長の遺体であることが判明した。爆沈後二十日間が経過していたので、大野大佐の遺体はかなり損われていた。

遺体は、一名一名身許《みもと》が慎重にたしかめられ、丁重に焼骨された後、白木の箱におさめられた。それらは、天幕の中で雛壇《ひなだん》状に整然とならべられた。

七月も中旬を過ぎると、収容遺体の数も急速に減っていった。しかし、「陸奥」生存者は同僚の姿を求めて浮游死体の発見につとめ、各地に配置された警備隊員も、依然として漂着死体収容のため海岸線を巡回していた。

「陸奥」の人的損害は、左の如《ごと》く眼をおおうような惨憺《さんたん》たるものだった。

爆沈時の乗組員数	死者（行方不明者を含む）
准《じゅん》士官以上　七三名	五三名

下士官・兵・傭人《ようにん》　一、二四八名　九二九名
予科練習生　一五三名　一三九名

結局乗艦者千四百七十四名中生存者は、わずかに三百五十三名で、しかもその中には重・軽傷者三十九名がふくまれていたのだ。

なお、爆沈時に艦をはなれていた乗組員は、Q二等兵曹の件で呉へ出張していた中村大尉、宮本上等兵曹を乗せた第二艦載水雷艇の乗艇者十一名と、その他九名であった。潜水学校に講習員として派遣されていた二等兵曹四阿《あずまや》千助、水兵長鈴木信雄、同石川甲子郎、工兵長大友哲三、一等主計兵寺岡清人、駆逐艦「玉波」に水測講習に赴いていた二等兵曹田島信、水兵長金子三郎、呉病院入院中の水兵長上田菊麿、戦艦「扶桑」に出張していた傭人（靴屋《くつや》）谷口光蔵で、それら二十名の者が危うく難をのがれたのである。

これらの者も入院者をのぞいて「長門」「扶桑」に分乗させられ、死体収容に従事した。

救難隊の潜水員によって艦内から引き出される死体は、日時が経過したため体内にガスがたまっていてふくれ上っていた。それらは、海面におどり上るようにして浮上

した。が、八月十日、判別もつかぬ腐爛《ふらん》死体一体を収容してからは完全に絶えた。後に死体収容作業は呉警備隊に委任され、どの程度収容されたかは記録がないので私にはわからない。少くとも八月十六日までの死体収容数は、千百二十一名の死者中わずかに百八十体で、そのうち六体は氏名不詳であった。

救難隊の「陸奥」潜水調査は、最後の段階にふみこんでいた。それは、「陸奥」の沈没状態の全容を把握《はあく》することで、その根底には日本海軍の想像を絶した「陸奥」の引揚計画がひそんでいたのだ。

呉海軍工廠《こうしょう》造船部員であった福井静夫氏（当時技術大尉）の勤務録日誌によると、七月二十二日午後三時の部員会議直前、作業主任西島亮技術中佐からラウドスピーカーで、

「特に支障のないかぎり、大尉以下の部員も会議に出席せよ」

との指示があったという。

部員が会議室に集合すると、造船部長福田烈《ただし》技術少将がにこやかな表情をみせながらも、

「諸君に近く無理な仕事を命ずるかも知れない。無理であっても、勝つためにはやりとげねばならぬ。この仕事のためには造船部は総力をあげ、他の工事を場合によって

は一切中止してやるかも知れない。諸君がこのために倒れてもやむを得ない。倒れてもやるのだ」

と、訓示した。

日頃、部員に過労におちいることのないよう口癖のように言っている福田部長だけに、その訓示内容は異様な印象をあたえた。

すでに福田は、鎮守府司令長官を通じて特別命令を受けていた。沈没した「陸奥」の破壊状況がそれほどひどくなければ、再び戦艦として使用するため、引揚げて呉海軍工廠に曳航《えいこう》しドックで修復せよという。

しかも、海軍中枢部からの命令は、修復期間を三カ月間と指示してきていた。駆逐艦の完成ですら平時には二カ年間を要するというのに、大戦艦「陸奥」の修理を三カ月という短期間のうちに完了せよという命令は、常軌を逸したものであった。

しかし、戦局の窮迫を思えば、「陸奥」を一刻も早く戦列に復帰させねばならぬという海軍中枢部の要求も当然であった。作業の責任者であった福田烈少将は、かたい決意をいだいて部員に対して「倒れてもやるのだ」という異例の訓示をおこなったのだ。

救難隊には、そうした「陸奥」引揚げの可能性の有無を定める重大な使命が課せられていた。それは、沈没した艦全体の被害状況を確実に把握することによって果せられるものであった。

しかし、その調査には根本的な障害が横たわっていた。「陸奥」は全長約二二五メートル、全幅三〇メートルを越えた大艦で、しかも深い暗黒の海底に沈んでいる。艦は切断されて横顚し、多くの部分が脱落している。

それをさぐる潜水員は、「陸奥」の形状等に対する知識も乏しく、深海作業のため意識も乱れがちであった。そうした潜水員の集めてきた資料によって、沈没した「陸奥」の正確な全容をつかむことは至難だった。

松下隊長は困惑したが、鈴木少尉が一つの案を出した。潜水作業艇の使用によって、調査を能率的に進めようというのだ。

潜水作業艇は、別名豆潜水艇といわれる長さ九・八メートル、幅一・八五メートルの小型艇で、南洋方面の海底で珊瑚《さんご》採取に使われていた西村式豆潜水艇からヒントを得て造られたものであった。

昭和十四年二月、衝突事故で沈没した潜水艦「伊六十三号」を潜水調査するため、西村式豆潜水艇を借りてきて使用したが、その折、呉工廠造船部の設計主任であった牧野茂技術中佐がこの艇に注目した。そして、部下の有馬正雄技術大尉に改良設計を担当させ、同型のもの二隻《せき》を呉海軍工廠で完成させた。呉海軍工廠では、潜水作業の出動にそなえて専門の艇員も定め、時折り訓練をおこなっていた。

松下隊長は、鈴木少尉の提案に賛成し、その日のうちに鈴木を潜水作業艇使用の手配に呉へ赴かせた。

鈴木少尉は、六名の艇員とともに作業艇を沈没現場に曳航してきた。まず鈴木少尉が初調査をおこなうことになり、艇員とともに乗艇した。潜水時間は、約三十分間と定められた。

艇は、やがて海中に姿を没した。

松下は好結果を期待したが、潜水後三十分たっても艇は浮上してこない。慎重な調査をつづけているのだろうと察していたが、一時間が経過し、二時間が過ぎても浮上の気配はなかった。

潜水作業艇は、蓄電池のモーターで動くもので、蓄電池は二時間しかもたない。

松下大尉は、異変が起ったことに気づき顔色を変えた。そして、潜水作業艇の捜索に当らせるため海底で作業をしている潜水員全員に緊急浮上を命じた。

その時、思いがけぬ方向の海面に、ポッカリと潜水作業艇が浮《う》き上った。ハッチがひらき、鈴木少尉が半身を出したが、その顔には血の色が失せていた。

松下大尉は、

「なにが起ったのか」

と、声をかけた。

私は、鈴木氏の話してくれた事故の事情をこんな風にノートにメモした。


潜水シテミルト、潮流ガ早イノニ驚イタ。海底ノ泥ノ上ニ下リテ進ンダガ、窓カラノ視界ハセマク、眼前ノワズカナ部分シカ見エナイ。

沈没艦ニ近ヅイタ。窓外ニ艦ノハンドレールノ様ナモノガ見エタト思ッタ瞬間、急ニ艇ガ動カナクナッタ。

ドコカニ引ッカカッタト思イ、前進全力、後進全力ヲクリ返シタガ動カナイ。

艇ニハ救難信号器トイウブイガアッテ、艇内デハンドルヲ引クト海面ニ浮ブ。ハンドルヲ引イタ。ガ、信号器ガ船体ニカラミツイテ浮上シナイ。

時間ガ過ギテユキ、呼吸ガ苦シクナッテキタ。必死ニ艇ヲ動カシテミタガ、艇首ガ沈没艦ノ手スリノ鎖ニ突ッコンデイテ外レナイ。

死ガ迫ッタコトヲサトリ、遺書ヲ書イタ。艇ノ機能ヲ万全ナモノトスルタメ艇ニ無線器、投光器ヲツケルコト、救難信号器モ改良スベキコトナド具申事項ヲ書キトメタ。他ノ艇員モ死ヲ覚悟シタラシク、遺書ヲ書キハジメタ。

呼吸ハ、サラニ苦シクナッタ。最後ノ努力ヲシテミルコトニナリ、艇ニ後進全力ヲカケタ。スルト、ゴトンと鈍イ音ガシテ艇ガハズレタ。漸《ようや》ク離脱浮上スルコトガ出来タ。

この事故は、潜水作業艇使用が危険であることを立証した。

例えば「伊六十三号」のような沈没した潜水艦ならば、艦の表面がなめらかで接近も容易だが、「陸奥」のような沈没艦では、さまざまな突起物や鋼索等が突き出ている。しかも、艦が破壊され横たわっているので、障害物が複雑に入りくんでいる。船体に近づければ、潜水作業艇がはまりこんでしまうのは当然で、はげしい潮流に押し流されそれを避けることもできない。

潜水作業艇による潜水調査をつづければ、必ず事故の発生することが予測されたので、松下大尉は、その使用を断念した。

結局救難隊は、従来通り潜水員をもぐらせることによって調査を続行しなければならなかった。その能率をたかめるため、救難隊に協力していた呉海軍工廠造船部設計部員新納与一技師（船体構造担当）が、百分の一の大きさの沈没している「陸奥」の模型をボール紙で作り、それを中心にして修正を加えていったりした。（この模型は、五百分の一大の戦艦「大和」の天覧模型とともに海軍艦政本部第四部の基本計画班の大金庫に保管されていたが、終戦時に東京芝田村町の日産館内にあった艦政本部傍《そば》の空地ですべて焼却処分された）

やがて救難隊の決死作業によって、沈座《ちんざ》している「陸奥」の全貌《ぜんぼう》があきらかになった。松下隊長は、その図面を作成し、二カ月にわたる大規模な潜水作業を完全に終了した。

この救難隊の潜水調査を基礎に、戦艦「陸奥」引揚計画が真剣に検討された。造船部の一室には、M（陸奥の秘匿名）浮揚対策計算班が特設され、その浮揚が可能であるか否《いな》かについて研究がつづけられた。

しかし、あらゆる角度から考えてみても、浮揚は絶対に不可能であることがあきらかになった。沈没海面が深いというだけではなく、「陸奥」の破壊状況がひどく、浮揚させることはできないことが確実になったのだ。

壮大な「陸奥」引揚計画は遂《つい》に崩れ去り、海軍中枢部もやむなくその計画を放棄した。

なお、「陸奥」に対する潜水作業としては、翌昭和十九年七月、「竹」作業と称する

沈座状態推定図

(平面)

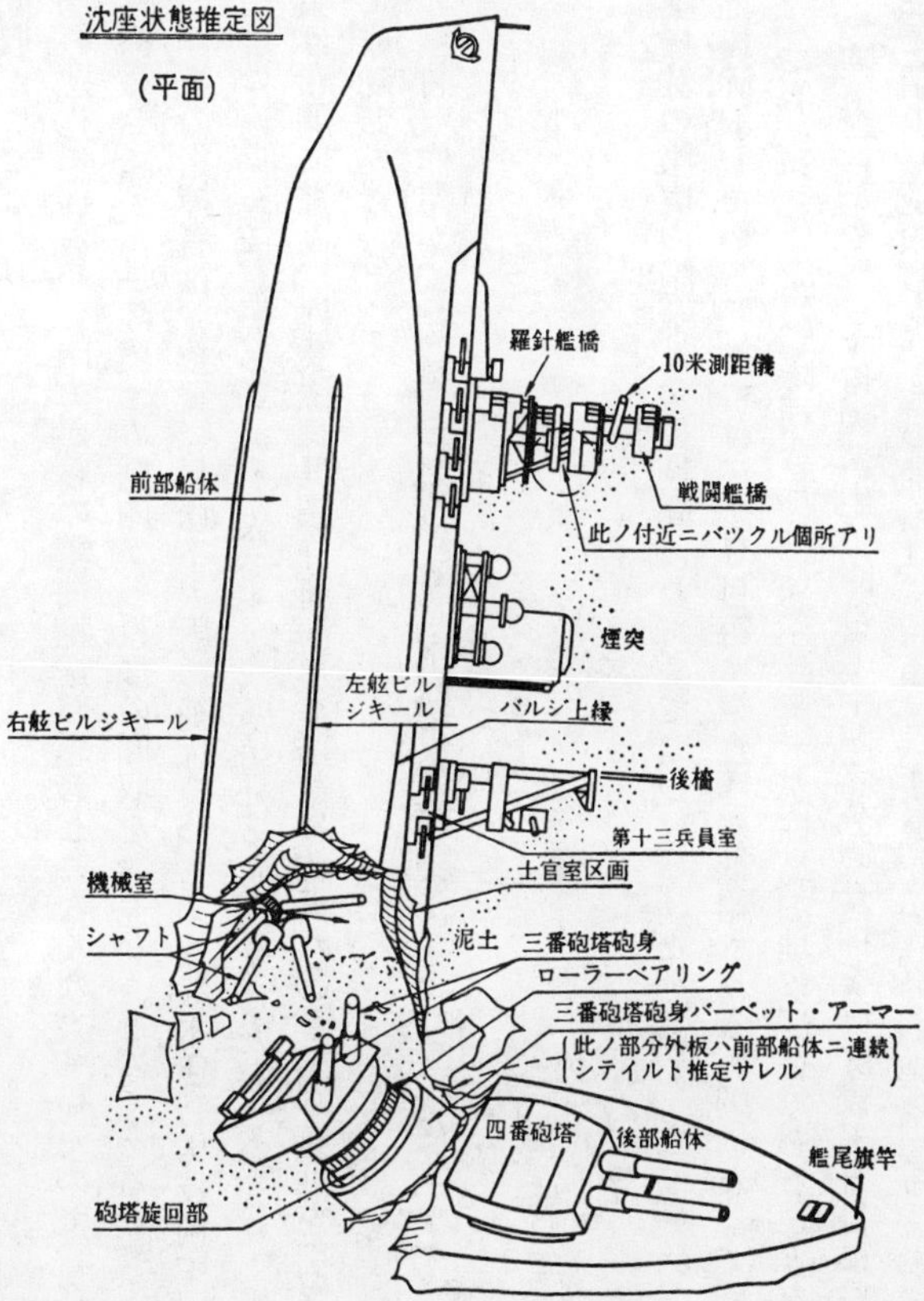
羅針艦橋
10米測距儀
前部船体
戦闘艦橋
此ノ付近ニバツクル個所アリ
煙突
左舷ビル
ジキール
右舷ビルジキール
バルジ上縁
後檣
第十三兵員室
士官室区画
機械室
シャフト
泥土
三番砲塔砲身
ローラーベアリング
三番砲塔砲身バーベット・アーマー
此ノ部分外板ハ前部船体ニ連続
シテイルト推定サレル
四番砲塔
後部船体
艦尾旗竿
砲塔旋回部

重油回収がおこなわれた。

戦局の悪化に伴なって南方からの重油輸送が思わしくなくなっていたので、多量の燃料を搭載していた「陸奥」の艦内から重油の回収をおこなったのである。

その作業の指揮者は、救難隊長松下大尉の補佐をつとめた鈴木伊智男技術中尉（少尉より昇進）で、艦底に穴をうがち太いホースで重油を吸い上げた。

作業は順調に進み、作業隊は呉鎮守府海軍軍需部に約五八〇トンの重油を引き渡すことに成功した。

この「竹」作業が、「陸奥」に対する日本海軍の最後の作業であった。

十

陸奥爆沈の事実の隠蔽《いんぺい》は、長期間にわたってつづけられた。

泊地に碇泊《ていはく》している艦艇には、十日目毎《ごと》に、食糧が補給される規則になっていたが、「長門」におかれた第一艦隊司令部では、「陸奥」が柱島泊地に健在であることを装うため、「陸奥」乗組員と予科練習生千四百七十四名分の食糧を爆沈後七日目に呉海軍軍需部に請求し受領した。その補給は、「長門」「扶桑」が柱島泊地を出るまでつづけられた。

「陸奥」艦内から流れ出た物品は、瀬戸内海沿岸各地に漂着したが、北方戦線用の防寒服の梱包《こんぽう》一個も四国の松山付近に漂着、その地の漁師から呉海軍軍需部に届けられた。

それを受けとりに行った第一艦隊司令部付足立純夫主計中尉は、軍需部の瀬間喬主計少佐から、

「だらしがないぞ」

と、激しく叱責《しっせき》された。防寒服の管理が悪いというのだ。

足立中尉は、たとえ上官ではあっても陸奥爆沈のことを口にはできず、無言のまま受領したが、足立氏の回想によると、瀬間少佐も爆沈の事実を知っていたらしいという。つまり士官たちも、互いに口にすることを避けていたのだ。

艦艇は沈没すると、軍機扱いの艦籍簿から名を消される。しかし、日本海軍は、爆沈の事実をかくすため、「陸奥」の艦名を八月末日まで削除しなかった。

しかし、必死の隠蔽にも限界があった。柱島泊地に近い山口県の海岸沿いにある村々の代表者たちが、なにかフネの事故があったようだがと言って呉鎮守府に悔みを述べに来たりした。事故にあった艦が「陸奥」であるとは想像もしなかったのだろう

が、艦艇が沈没して多くの死者が出たらしいという噂《うわさ》は、山口県、広島県の両県下に野火のような早さでひろがっていた。そして、それは日を追うにつれ、日本全国にひそかに伝わっていった。

「陸奥」乗組員の遺族からの問い合わせも、増加してきた。手紙を出したのに返事が来ないのは、なにかあったのではないかというのだ。

或《あ》る遺族は、不吉な夢をみたが息子に不幸が起ったのではないかと書いてきた。また或る乗員の父親は、毎日葉書を書いて送ってきた。その文面は次第に苛立《いらだ》ったものになり、

「何度手紙を出しても返事がこない。戦死したなら公報があるはずだがそれもない。いったいどうなっているのか。もしもそちらからはっきりと事情を説明した返事がもらえなければ、息子は死んだと判断する……」

といった趣旨のものだった。

「遺族からの手紙には、胸が痛くなりました。しかし、返事を書くわけにもいかず、どうしてよいかわかりませんでしたよ」

遺族からの手紙の整理に当った人々は、当時を思い出すように例外なく眼をうるませる。しかし、それらの手紙類はすべて焼却し、むろん返事も出さず黙殺した。

鹿股英治という予科練習生の父である勝己氏も、何度手紙を出しても返事がないので、霞《かすみ》ヶ浦《うら》航空隊に安否をたずねに行ったという。が、航空隊では、

「某方面に出動中」

という返事で、

「なにか息子に事故があったのではないでしょうか」

ときくと、そんなことはないと言われた。不安は消えなかったが、勝己氏はそれで幾分は安心して帰宅したという。

そうした遺族に対する処置は、艦長三好輝彦大佐の遺族にも同様であった。

三好艦長の遺体は、六月十七日の夕刻収容され焼骨されたが、その遺骨は保管されたままとめおかれていた。

初めの頃、夫人の近江さんは夫から手紙の返事のこないことを気にもしていなかったが、七月末、親戚《しんせき》の者から「陸奥」が千葉県館山沖で火災を起したらしいという話をきき、なにかあったのかも知れぬと思った。

八月上旬、近江夫人のもとに「陸奥」乗組の本明徳久大尉の若い夫人が訪れてきた。大尉夫人は、夫から手紙の返事が絶えたので不安になり、夫人の父と同期の近藤信竹大将に「陸奥」の安否をたずねた。が、近藤大将は、「陸奥」は健在であると答え

た。

大尉夫人は、それなら病気ではないのかと問うと、艦長夫人がなにか知っているかも知れないからきいてみた方がいい、と言われたので来たという。

艦長夫人は、むろん本明大尉が病気か否かは知るはずもなかった。しかし、艦長夫人のもとへも手紙の返事はこないと告げた。そして、近藤大将が、「陸奥」健在だと言うかぎり心配はないと、大尉夫人を慰めて帰らせた。

九月になると、今度は「陸奥」砲術長土師《はじ》喜太郎中佐夫人が訪れてきた。中佐夫人の話によると、住んでいる鎌倉では「陸奥」になにかあったらしいという噂が専《もっぱ》らだが、事実だろうかという。

艦長夫人は、本明大尉夫人からきいた近藤大将の話をつたえ、「陸奥」は健在だとはげました。

三好艦長の留守宅へは、その年なんの連絡もなく、年も明けた一月六日、三好大佐と同期の有馬正文少将がやってきた。三好夫人は一カ月ほど前出産したが、有馬は見舞いを述べた後、三好大佐から手紙がくるかとたずねた。

夫人が長い間こないと答えると、有馬は、

「実は……」

と、「陸奥」の沈没と三好大佐の殉職を伝えた。

夫人が艦長三好大佐の死を知ったのは、「陸奥」爆沈後七カ月を経過してからであったのだ。

千百二十一名の遺族に対して殉職の公報が発送されたのは、さらに二カ月後の昭和十九年三月であった。公報には、

「作戦中、西方海上ニ於《おい》テ殉職セリ」

という簡単な文字が記されているだけであった。

毎月おこなわれる横須賀鎮守府での合同慰霊祭には、「陸奥」乗組の殉職者の白木の箱が目立たぬように分散して並べられ、他の遺骨とともに祭られた。が、白木の箱に遺骨のおさめられていたのはわずかで、他には遺影などが入れられているにすぎなかった。

日本海軍にとって、生存者三百五十三名の処置は重大問題であった。かれらの口から陸奥爆沈の事実がもれる恐れがあったからだ。

生存者中負傷者は、准《じゅん》士官以上四名、下士官・兵三十五名計三十九名で、これらの者たちは厳重に口外することを禁じて各地の海軍病院に散らした。問題は、健全な体をもつ生存者三百十四名の処置であった。

かれらは、「長門」「扶桑」二艦に分乗していたが、通常ならば、「陸奥乗組階級氏名、長門（又は扶桑）乗組ヲ命ズ」と鎮守府海軍人事部から発令（士官は海軍省人事局発令）されるが、「陸奥」乗組であったことを秘すため、「横須賀鎮守府付階級氏名、長門（又は扶桑）乗組ヲ命ズ」という「陸奥」乗組の文字を削除した公報が出された。海軍中枢部は、そうした処置をとりながらも生存者に対して冷ややかな決断をくだした。かれらを最前線に送る手段をとったのだ。

八月十六日、戦艦「長門」「扶桑」は、柱島泊地をはなれることになった。

その前日、生存者には留守宅宛《あて》の葉書の投函《とうかん》が許された。それは「陸奥」が健在であることをにおわすためのもので、文面は厳重な検閲を受けた。

生存者たちは、「長門」「扶桑」両艦甲板に整列した。そこで受けた訓示は、

「お前たちは、再び内地の土をふむと思うな」

という峻烈《しゅんれつ》なものだった。

或る生存者の一人は、

「瀬戸内海もこれで見納めだと思うと、涙が出てたまりませんでした」

と、回想している。

「長門」「扶桑」両艦は八島に仮泊後、八月十七日トラック島に向け出撃した。そし

て、同月二十三日トラック島着後、「陸奥」生存者を第四十一警備隊の補充部隊所属とした。

かれらの悲惨な転属が、翌日からはじまった。生存者の半数に近い約百五十名はサイパン島に送られ、やがて上陸したアメリカ軍の攻撃によって全員玉砕。ギルバート、タラワ、マキン島に送られた者たちも全滅し、その他クェゼリン、ギルバート両島等に転属となった者たちの多くも、その遺体を南日のもとにさらした。

「陸奥」乗組の遺族と生存者たちによって「陸奥会」という戦友会が結成されているが、同会の調査によると、終戦時に帰還した旧「陸奥」乗組の生存者はわずかに六十名ほどだという。「陸奥」乗組員千四百七十四名中、生存者は百名（負傷者三十九名をふくむ）という戦慄《せんりつ》すべきものなのだ。

昨年（昭和四十四年）の六月八日、私は、陸奥会主催の靖国神社でおこなわれた「陸奥」慰霊祭に参列させていただいた。

私は、陸奥会の方々の後ろから廊下を渡って、本殿を遠くみる礼拝殿の隅《すみ》に坐った。本殿から神主の祈禱《きとう》の声が流れてくると、遺族も生存者も頭《こうべ》を垂れ、その中からすすり泣きの声がはげしく起った。

私は、「武蔵」の慰霊祭に参列したこともあるが、それと比べて「陸奥」の慰霊祭の空気には悲痛な色が濃い。

「武蔵」は戦場での沈没であり、乗組員の死も戦死であった。が、「陸奥」の沈没は爆沈事故であり、乗組員の死も殉職で、しかも、その死者数は他艦に類のないほど多いのだ。

遺族の方々の顔には、戦後二十数年後の今でも肉親の死を諦《あきら》めきれない表情がただよっている。瞬時の爆沈事故によって、肉親の生命をうばわれた遺族の方々は、依然として喪に服しているように思える。

私は、遺族の方々の後ろに坐りながら、しきりに瀬戸内海の侘《わび》しい無人の島を思い起し、柱島の人気のない洲《す》を思い浮べていた。

音もなく波の寄せる砂浜。浜千鳥の歩く姿しかない「戦艦陸奥英霊之墓」という石碑の立っていた洲。

多くの殉職者たちが無人の島から、洲から、海底から、頭を垂れた遺族の前に肩を寄せ犇《ひしめ》き合って、その悲しみにみちた祈りを受けているのだろうか。

遺族と生存者たちの「陸奥」艦内から遺骨を収容したいという願いは、一種の執念と化している。そのきざしはすでに二十年近く前からはじまり、多くの紆余《うよ》曲折を経てきた。

引揚げを約束した或るサルベージ会社が、遺骨収容よりも「陸奥」の船体や搭載物《とうさい》資の取得を企て、刑事事件として起訴されたりした。またサルベージ計画に関係した会社が、金属の暴落で手をひいたり、さまざまな要素がからみ合って遺族の悲願ははばまれてきた。

慰霊祭では、遺骨引揚げがかなえられることが確実になったという報告があり、遺族の顔には一様に明るみがさしていた。

或る老人は、

「たかが四〇メートルの海の底じゃないか。私は、今でもそこへもぐっていって息子の骨を拾ってやりたいんだ」

と、声をふるわせて言った。

艦長夫人と副長夫人が懐《なつか》しげに話し、遺族の方や生存者の方がくると、丁重なつつましい態度で挨拶《あいさつ》する。そこには、私の入りこめぬような親密な感情の交流が感じられた。

艦長夫人三好近江さんは、

「爆沈した前日、新たに『扶桑』の艦長となられた鶴岡信道大佐が、『陸奥』に新任の挨拶に来られ、その答礼として爆沈日に三好が『扶桑』へ行ったそうです。鶴岡さんは三好に昼食を共にしようと引きとめたのだそうですが、三好は、留守にもできぬからと『陸奥』にもどって、あの事故にあったのです。私は、三好が『陸奥』にもどってくれて、本当によかったと思っています。もしも留守中にあんな事故が起きたら、三好も艦長として生きてはおられなかったでしょう。私がこのように遺族の方々に親しくさせていただけるのも、三好が事故当時『陸奥』にいてくれたからなのです」

と、淡々とした表情で語った。

私は、夫人の言葉を美しいと思った。誠実に生きている人を、私はみた。

十一

M査問委員会は、爆沈してから二カ月後に査定書を海軍大臣に提出し解散した。結論は、火薬、砲弾の自然発火を否定し、Q二等兵曹《へいそう》の放火による疑い濃厚と判定した。しかし、きめ手となるものが発見されなかったため、

「爆発ガ人為的ニヨルモノデナイトイウ確証ノナイ以上ハ、人為的デアルトイイ得ルガ……」

という判読にさえ苦しむような報告となった。この曖昧《あいまい》な文章は、当時の或る査問

委員が書いた著書に三行ほど簡単に紹介されているが、それが原文通りであるかどうかたしかめようもない。むしろ原文では、Q二等兵曹の放火による爆発と、ほとんど断定的に結論づけられているのではないかと思う。戦後の一般人の反響を考慮して、そうした曖昧な文章のみが残されたのではないのだろうか。

陸奥爆沈を諜報《ちょうほう》機関の謀略と推定する意見をもつ人もいるが、その一人に軍艦研究家の福井静夫氏がいる。

福井氏は、第二次世界大戦中に起った不可解な事件の一つとして、ドイツ軍用列車の爆破顚覆《てんぷく》事故をあげた。軍用列車が戦場に向う途中、突然機関車が爆発して脱線顚覆する。そうした事故が相つぐので、ドイツ軍はその原因究明につとめたが、なんの手がかりも得られない。

やがて、機関車の燃料である石炭中に、石炭と全く同じように作られた爆弾がまじっていて、カマの中に投入されると同時に炸裂《さくれつ》するようになっていたことが判明した。それを混入させたのは連合国の諜報機関で、戦後その事実があきらかにされたという。日本に対する外国の諜報機関の動きも活潑《かっぱつ》で、破壊活動の例はかなり多い。昭和十八年九月、シンガポールに碇泊していた四隻《せき》の輸送船が、一隻ずつ連続的に爆発を起して沈没又は大破した事故があったが、これは戦後イギリスの諜略機関によるものであると発表された。また終戦直前、同じくシンガポールのセレター軍港内に碇泊中の重巡「高雄」も、イギリス諜報機関員の手で艦底に時限爆弾を装着され爆破されている。「陸奥」爆沈前後に、呉海軍工廠で不審火が相ついで起った。それを諜報機関の策したものだときめつけるのは穏当を欠くかも知れぬが、「陸奥」の場合も火薬庫内に時限爆弾をひそかにとりつけるなど諜報機関員がなんらかの方法で火薬庫爆発を意図した、という疑いを捨てきれない、と氏は言う。火薬も砲弾も日本人の手で艦に搭載され、また艦内に不審者の立入る余地はないことから、外国諜報機関が、火薬廠《しょう》の者か「陸奥」乗組員を利用して爆沈を企てた可能性もあるという。

私は、その推定が当っているかどうかはわからない。ただ、軍艦について豊かな知識をもつ福井氏の言であるだけに、無視するわけにもいかない。

「陸奥」の爆沈は、Q二等兵曹の行為によって発生したものなのか、私にはいずれとも判断のしようがない。査問委員会が断定できなかったと同じように、確証のないかぎりそれは厚い霧にとざされている。

Q二等兵曹の盗難容疑の捜索にあたった或る旧「陸奥」乗組員は、

「爆沈した時、かれがやったなと直感しましたよ」

と、私に言った。

査問委員であった方々も、そうしたことを口にする方が多く、某氏は、

「私は、まちがいなくその二等兵曹の放火によるものと確信していますが、この頃、なんとなくその男が生きているように思えてならないんですよ」

と言った。

私は、ぎくりとした。

某氏の顔には柔和な表情がただよっていたが、眼には異様な光が凝集していた。

私は、口をつぐんだままその顔を見つめていた。

装甲巡洋艦「日進」の火薬庫放火犯人古田三吉は、上陸してひそかに爆発の瞬間を見守っていた。そうした前例があるかぎり、Q二等兵曹が陸奥爆沈を企てた人物であるとしたら、査問委員であった某氏の言葉を全面的に無視することはできない。

私は、某氏と会ってから、その言葉が妙に頭にこびりついてはなれなくなっているのを意識した。

もしも……と、私は想像をめぐらす。Q二等兵曹が外国の諜報機関に使われて放火を企てたとしたなら、また身を死の危険にさらすことを恐れたとしたら、爆沈以前になんらかの方法で艦内から脱出したかも知れない。ともかく死体は発見されていないのだ。

戦時中は、むろん姿をかくした。終戦後も息をひそめて日を送っていたが、戦後二

十数年もたったことに安堵《あんど》して、ひそかに故郷へ帰っているとも想像される。

私は、時折りそんなことを真剣に考えている自分に狼狽《ろうばい》した。Q二等兵曹には深い疑惑をいだかざるを得ないが、断定できる証拠はなにもない。いつの間にかQ二等兵曹の所業だと思いこんでいる自分を、私は恥じた。

しかし、私の胸の中には、某氏の口にした「生きているように思えてならない」という言葉が執拗《しつよう》によみがえった。それは突飛な想像にも思えたが、なんとなくQ二等兵曹が生きているようにも感じられてきた。

私は、「陸奥」爆沈事件の調査のしめくくりとして、Q二等兵曹の故郷を訪れてみようと思うようになった。もしもQ二等兵曹が生きているとしたら、年齢もすでに五十歳を越えている。故郷に帰っていたとしたら、ひっそりと畠《はたけ》仕事でもしているかも知れない。

私は、遠くからかれの鍬《くわ》をふるう姿をながめるだろう。むろんかれは私を知らず、私もかれの姿は初めてみる。会って話をしようとは思わない。遠い所から、その姿をながめればそれでよいのだ。

寒々とした或る日、私は物に憑《つ》かれたように上野駅から列車に乗った。

胸の中は、うつろだった。見知らぬ土地に向って列車に乗っている自分が不思議だった。

海軍二等兵曹だったQという人の姿を見たいというのとも、少しちがっていた。具体性に欠ける言い方かも知れぬが、その郷里である土地の土をふむことによって、あの戦争と終戦後の現在までの時間をたしかめたいと思ったのだ。

松の内も過ぎた頃なので、車内は空《す》いていた。

私は、窓外を流れる風景に眼を向けながら、「三笠」の火薬庫で飲酒していた水兵たち、「磐手」「日進」「筑波」の火薬庫爆発事故に関係した下士官・兵たち、そして、疑惑をもたれたQ二等兵曹などを思いえがいた。それらは例外なく、暗い裸電球の下でうずくまっている人間像のように、物悲しい侘《わび》しさにみちたものに感じられる。

軍艦という鋼鉄によって組み立てられた構築物。それが海上を疾走し、砲火を吐く時、そこには兵器である軍艦というたけだけしい物体が感じられるが、内部には巣の中の蟻《あり》のように多くの人間が犇き合いながら詰めこまれている。

それは当然のことなのだが、火薬庫災害事故をしらべているうちに、軍艦の中に人間がそれぞれの感情をいだきながら生きていたことを、実感として強く感じとった。

火薬庫災害事件の因をつくった下士官・兵たちには、濃厚な人間臭さが感じられる。かれらは、栄光にみちた日本海軍の軍艦乗組員であるという意識よりは、自己抑制の欠けた人間として生きた。

戦艦「三笠」は、華々しい日本海海戦の連合艦隊旗艦であった。提督東郷平八郎大将、「皇国ノ興廃此《こ》ノ一戦ニアリ」のZ旗、大胆な単縦陣戦法、そして圧勝。それらの華やかな彩《いろど》りにつつまれた軍艦も、アルコールを飲もうとした水兵数名によって呆《あっ》気《け》なく爆発沈没した。火薬庫災害事故を起した他艦も、些細《ささい》な恨みや失望をいだいた下士官・兵の行為によって同じように破壊され爆沈した。

戦争のために保有され使用される軍艦は、なにか為体《えたい》の知れぬ強大さとひろがりを備えているように想像される。しかし、一人または数名の人間の手によって、もろくも潰《つい》え去るのだ。

かれらの行為は、重大な犯罪である。その無思慮さ故《ゆえ》に多くの人々が死傷し、多くの遺族が肉親を失った。その罪は鋭く追及され、かれらも責を一身に負わなければならないが、かれらが海軍という軍隊組織の中で人間臭く生きたことに、単なる犯罪者に対する憤《いきどお》りとは異なった哀れみをも感じるのである。

二等兵曹であったQという人は、海軍に入隊前貧しい生家を遠くはなれて、霞ヶ浦で漁をしていたという。

小舟は一人乗りで、帆をはらんで水面を走る。舟にひかれた細かい目の網には、白魚やワカサギがかかる。舟を走らせながら、かれは何を考えていたのだろう。水上での生活は、孤独ではあるが穏やかなものでもあったにちがいない。もしも戦争というものがなかったら、かれは、今でも帆かけ舟を走らせているかも知れない。そして、陸奥爆沈について疑いをかけられることもなかったのだ。

列車が、目的の駅のプラットフォームにすべりこんだ。

私が改札口を出ると、二人の人が私を待っていた。道案内を買ってくれた方だった。私たちは、タクシーに乗りこんだ。車は町なかをぬけ、両側に畠のつづくわびしい土地を走った。

「このあたりは、少しも変っていないね」

同行の方が、つぶやいた。

車は、一時間ほど走ると砂利道に入り、しばらく行くと右に折れた。

「あの村です」

運転手が言った。

五〇メートルほど前方に、家々の集落が迫っていた。

私たちは、車をとめさせた。村の中に入らぬ私たちを運転手はいぶかしそうに見つめ、車を後退させていった。

私たちは、無言で村をながめた。右手の畠には、うずくまって仕事をしている老人の姿がみえる。

同行の二人の方が、私一人を置いて村の中に入っていった。畠を渡る風は冷たく、私はオーバーの襟《えり》を立てて路《みち》の傍《そば》の石に腰を下ろした。

二十分ほどして、二人の方が路をもどってきた。そして、村の端にある一戸の小さな家を指さした。

Qという人の白木の箱は、昭和十九年春生家にもどった。家庭状況は査問委員の調査通りで、現在は両親も死亡、肉親の一人が村にとどまっているだけだという。

私は、小さな家を見つめた。あの家から、一人の若者が村人に送られて海軍へ入隊していった。数年後、その家には憲兵がふみこんだ。戦争という巨大な歯車に、あの家の家族はすりつぶされたのだ。

私たちは、砂利道に出ると無言で歩いた。戦争というものが遠くなったような気もするし、ごく身近なものにも感じられた。

後方から、車体をはげしく揺らせながら小型車が走ってきた。

道の傍に身を寄せた私たちは、路上一面に舞い上る砂埃《すなぼこり》を浴びてたたずんでいた。

あとがき

長い旅であった。闇《やみ》に塗りこめられたトンネルを手さぐりで進むような日々であった。それだけに書き終えた時、疲労とともに満足感にもひたった。

その後原稿の推敲《すいこう》をすすめる間、私は、しきりに妙なものを書いたという感慨にとらえられた。この作品は、一般の小説形式とは異なって、私自身が陸奥爆沈という対象にむかって模索する過程をえがいているが、この作品の場合、このような形式をとるのが自然だったと今でも思っている。

戦争は歴史的事実だが、漠《ばく》としたつかみどころのないものである。戦争に付随して起る事実が、単なる事実とは異なった虚構の領域にふみこんでいるものであるからかも知れない。平和時なら殺人は罪悪として極刑の対象となるのに、戦場に於《お》ける殺人は輝かしい賛美の対象として遇される。このことだけでも、戦争の事実は日常的な事実とは程遠い。

あらためてふり返ってみると、「陸奥」をはじめ戦艦「三笠」その他多くの軍艦火薬庫爆発事故が、なぜこれまであきらかにされなかったのか不思議でならない。公《おおやけ》にされているものは皆無で、事故の資料は奇蹟《きせき》的とも思えるような偶然で入手することができた。それらは、人の眼から遮断《しゃだん》された世界にひっそりと埋れていた。

日本海海戦以来七十年近く、それらの事実が掘り起されずにいたことは奇怪であるとも言える。これについてはただ一つ、思い当る節がある。調査中感じたことだが、それらの事故の実態は、一般の眼にふれることを恐れて、意識的に秘匿《ひとく》されていた傾向が濃い。むろんそれは軍の秘密保持によるものだが、それ以外に、日本海軍の栄光を傷つけまいとする配慮がかなり強く作用していたことはあきらかだ。

日本海軍には、たしかに儀式的とも思える軍紀に支えられた秩序があった。軍艦は、兵器であると同時に儀式のおこなわれる城でもあった。が、城には、さまざまな感情をいだいた多くの人間が住みついていた。それらの人間の中には、海軍という組織に順応できず、個人的な人間臭さをもったまま生きている者たちもいた。軍艦火薬庫爆発事故は、そうした者たちの手になるもので、伝統的な海軍の保持していた秩序も、その瞬間にあえなく崩れ去ったのだ。

軍艦という構築物は、威圧感にみちている。それは、海戦による砲弾、爆弾でしか破壊されないような堅牢《けんろう》な印象に満ちている。が、一人のふとした思いつきに似た行為で、もろくも爆発し沈没する物体でもあったのだ。

軍艦は、多種多様の人間をつめこんだ容器であるということを、調査を進めるうちに実感として感じとった。組織、兵器（人工物）の根底に、人間がひそんでいるということを発見したことが、この作品を書いた私の最大の収穫であったかも知れない。

この作品が単行本として出版された頃《ころ》、瀬戸内海に沈む戦艦「陸奥」の引揚げ準備が進められていたが、間もなく実施に移された。昭和四十五年七月二十三日、まず砲塔が二十七年ぶりに海面から姿を現わした。その内部からは一体の遺骨と印鑑二個が発見されたが、印鑑の一個にはQ氏の姓、他の一個には姓と名が刻まれていた。これをどのように解釈すべきか、私の判断の範囲外にある。

その後、私は、江田島に赴き、引揚げられた主砲その他の収容場に行った。主砲の砲身に手をふれた時、乗組員たちの死が切なく胸に迫った。軍艦が多数の人間をつめこんだ容器であることが、あらためて強く感じられた。収容場の事務室の一角に、発見された遺品が並べられていた。その中には、Q氏の印鑑二個も置かれていた。江田島を訪れた日は、秋らしい空の澄みきった日であった。

作品中にもその氏名を記したが、調査には多くの方々の御協力をいただいた。殊《こと》に沈没後「陸奥」の潜水調査をおこなった折の記録を提供して下さった松下喜代作氏

（当時技術大尉）の御遺族と、仲介の労をとって下さった福井静夫氏、さらに貴重な御指示をいただいた小山健二氏に深甚《しんじん》なる謝意を申し上げたい。

吉 村 昭

昭和五十四年十月

解説

豊田穣

私が陸奥爆沈について知ったのは、日本海軍の前線にいた兵士よりも早かったかも知れない。

十八年六月八日、陸奥が爆沈したとき、私はハワイ・オアフ島の捕虜収容所にいた。丁度山本五十六《いそろく》連合艦隊司令長官の国葬がアメリカの新聞にも発表され、真珠湾のニミッツ司令部もほっとしていた頃《ころ》である。

それから二カ月後、ソロモンのニュージョージア島の戦線で捕えられた日本軍のパイロットが数名ハワイに送られて来た。その中の一人は、私の耳に唇《くちびる》を近づけるようにして、

「陸奥は瀬戸内海で沈んだんですよ」

と告げた。

長い間海軍で箝口令《かんこう》を布《し》かれていたので、やっとそれを解かれて人に話すという調

子であった。

私は意外であった。私は少尉《しょうい》候補生（伊勢乗組）のとき、由宇《ゆう》沖（当時は柱島沖のことをこう言っていた。岩国に近い由宇駅の海岸から連絡用の舟艇が出ていたからであろう）で山本長官に列立伺候《しこう》したが、その時の旗艦が陸奥であったように記憶している。

それから三カ月後の昭和十六年一月、土佐沖で陸奥が戦闘射撃を行なったとき、私たちは、陸奥の艦橋トップの対空指揮所で四十センチ砲の実弾射撃を見学した。八門の主砲が発射されたとき、思わず両眼をつむったが、眼の中が真紅に燃え、足元が大地震のように揺れた。両手で摑《つか》まっていた手摺《てす》りがちぎれそうに震動した。うっかり主砲の近くにいると、爆風で圧死するというのは本当だ、と思った。

陸奥は権威の象徴であり、強大な力の集中を示すものであった。

その陸奥が、数分にして爆沈するとは信じ切れなかった。

私はその兵曹《へいそう》に何度も問い質《ただ》した。

「私は、当時岩国航空隊にいましたので、陸奥が爆沈したことはすぐに伝わりました。しかし、原因については自然発火説、飛行機、潜水艦にやられたという説、内部犯人説、スパイ説、いろいろあって結論はまだ出ていないようです」

兵曹は一旦《いったん》そう答えた後、

「私共下士官兵の間では、内部の奴《やつ》がやったんじゃなかろうか、という説が強かったです。あの日は深い霧で飛行機の雷撃はまず不可能、潜水艦があの内海に入りこんだら脱出は不可能ですから、必ずつかまっているはずです。海軍に恨みをもつ奴が、弾火薬庫のなかにしのびこんで火をつけたんじゃないでしょうか。恨みをもたんでも、悪いことをして、それを隠す為《ため》に大事をひき起すということはあります。海軍にはそういう出来そこないが時々いますけん……」

と推測を述べた。

私は少尉候補生時代に百八人の部下をもち人事を預ったが、意外と犯罪歴のある兵士がいるのに驚いた記憶がある。しかし、陸奥についてそれ以上その兵曹と語ることはなかった。

戦争後、日本に帰って来ると、陸奥の爆沈は事実であったことがわかった。十年以上もたって、海軍兵学校の同期生名簿が送られて来るにつれて、私は二人の同期生が陸奥爆沈に殉じたことを知った。

一人は陸奥の分隊長をしていた田中鋭夫《としお》である。田中は大阪北野中学出身で、一号(四年生)のときは九分隊の伍長《ごちょう》をしていたから恩賜《おんし》一歩手前位の秀才であった。当時は中尉の古参であるから、後部の士官室で昼飯を食っていたのではないか。

田中の遺体は確認されていないが、彼が私服のベルトにはめていたバックルは揚がったらしい。

吉村氏の『陸奥爆沈』が書かれてからしばらく後に、陸奥はサルベージ会社によって引き揚げられた。その途中で、この取材をしている記者から私のところへ電話がかかって来た。

「田中鋭夫と彫った銀のバックルが揚がりましたが、御記憶ありませんか。乗員リストによると、士官だということですが……」

ということである。

私は自分の同期生だと答えた。そして、田中はやはり陸奥と運命を共にしたのか、と思った。陸奥は引き揚げられるが、田中の行方はわからない。多くの遺族もそのように感じておられるであろう。

いま一人の殉職者は、戸田幸夫《ゆきお》である。

戸田は当時土浦の予科練の教官兼分隊長で、生徒を率いて陸奥に乗艦実習に来ていた。調書にもそれは出ており、人数も記されているが、戸田がその長であったのである。予科練の生徒たちは、初めて巨大戦艦に足を踏み入れたので嬉々《きき》としていたであろう。その生徒たちの一部と共に戸田も海底に沈んでしまった。

さて、陸奥爆沈への回想はその位にして、吉村氏の作品『陸奥爆沈』について語ろう。私は吉村氏とはこの作品発表以前に十数年の交友があり、初期の自分の切断した肋骨《ろっこつ》を箱に入れてその鳴る音を聞く作品なども愛読している。

氏は太宰《だざい》賞を受けた『星への旅』で躍進した。せきを切ったように精力的に書き出したようである。

氏の夫人は芥川賞作家として知られる女流の津村節子氏である。

津村さんの作品も受賞作『玩具《がんぐ》』ほかよく拝見しているが、夫婦で作家というのは、時に具合の悪いこともあるらしい。

津村さんが芥川賞を受けたのは、四十年上半期であるが、吉村氏の太宰賞受賞はそれより少し遅かった。太宰賞受賞祝賀会は椿山荘で賑《にぎ》やかに催されたが、そのとき、吉村氏は、「妻が芥川賞をもらったとき、多くの人がお祝いを言ってくれたが、亭主の方はさぞ辛《つら》かろう、と言ってくれた人は誰もいなかった」とスピーチをして会場に笑いを誘っていた。実感であろう。

その後、氏は『戦艦武蔵』を初め『高熱隧道《ずいどう》』『零式戦闘機』など現代のメカニズムにメスを入れる作品を次々に発表して世評を高めた。その反面『水の葬列』のような日本の土俗の根元にあるどろどろしたものに迫る作品を書き、私はこの作品にも打たれた。

メルヘンに似た『星への旅』を書いた氏がこの時期、虚構の文学にさして関心を示さず、実在したメカニズムに肉薄したことは、興味深い現象である。

文学の常道が人間を掘り下げることにあるというのは一つの常識であるが、氏は現代のメカニズムが、いかに人間をリードし、人間を圧迫し、人間を非人間的なものに変えるかを描いてみせた。しかも、その強力なメカニズムも、あるとき一人の人間の裏切りによって崩壊することを主張することも忘れてはいない。

『陸奥爆沈』はそのような氏の文学観を示す代表的な作品であると思われる。

この中でとくに興味を惹《ひ》くのは、氏が爆沈の原因を火薬の自然発火というようなケミカルなものに求めず、乗員の裏切りではないか、と考え、日本海軍におけるその系譜を調べにかかるところである。

そのヒントを提供した福井静夫造船少佐には、筆者もいろいろと指導に与《あずか》っているが、日本の軍隊には海軍のみならず、陸軍をも含めてそのような異端者が少なくなかった。このような例外者を一概にはねっ返りとか、落ちこぼれといって片付けることは難かしい。

本編の容疑者Q兵曹は、自分の遊興の為に盗みを働いたのが放火の原因らしいとなっているが、そのような恣意《しい》だけが例外者を作る原因とは限らない。

軍隊は儼然《げんぜん》とした階級組織であり、その下部組織は例外なく貧しかった。

戦時インフレになる前の陸軍二等兵の月手当は五円から七円位であったと聞いている。

私が少尉候補生として着任した頃の海軍三等水兵（陸軍二等兵に相当）の手当は七円五十銭で、艦が沖へ出ると航海加俸《かほう》が一割余りついたように記憶している。

これに較《くら》べて海軍兵学校を出たばかりの少尉候補生は本俸五十五円、諸手当を併《あわ》せると七十円位になり、費《つか》い道に困り家に送った記憶がある。

軍隊はこの貧しさ故《ゆえ》に、時折下部から復讐《ふくしゅう》を受けている。中国前線における兵士の赤化などはその一例であろう。

二・二六事件でも、首謀者となったA大尉を決起させたものは、部下とその家族の貧しさであったといわれる。

吉村氏の作品は、組織が知らず知らずのうちに醸成した歪《ゆが》みが、組織そのものを滅ぼす可能性があることを示している。

氏が苦労をして調べた三笠、河内、筑波等爆沈の原因は、帝国海軍の栄光の底にある暗部に照明を当てるものであり、同じことは現代社会に罷《まか》り通っている多くの巨大組織についても言えるのではないか。

話が逆になったが、本編の導入部は、巧まずして読者を惹き入れてゆく……丁度シンフォニーの序曲のようで見事である。

メカニズムを描く吉村氏に、このような低音部をさりげなく奏する技巧があることを、読者は味わうべきであろう。

（昭和五十四年九月、作家）

この作品は昭和四十五年五月新潮社より刊行された。

陸《む》奥《つ》爆《ばく》沈《ちん》

新潮文庫　よ－5－7

昭和五十四年十一月二十五日　発行
平成二十四年七月二十五日　二十七刷改版
令和六年八月二十五日　三十二刷

著者　吉《よし》村《むら》昭《あきら》
発行者　佐藤隆信
発行所　株式会社新潮社
郵便番号　一六二－八七一一
東京都新宿区矢来町七一
電話　編集部（〇三）三二六六－五四四〇
　　　読者係（〇三）三二六六－五一一一
https://www.shinchosha.co.jp

価格はカバーに表示してあります。

乱丁・落丁本は、ご面倒ですが小社読者係宛ご送付ください。送料小社負担にてお取替えいたします。

印刷・大日本印刷株式会社　製本・加藤製本株式会社

ISBN978-4-10-111707-2 C0193